新 潮 文 庫

再び女たちよ！

伊丹十三著

新潮社版

7751

男たちへ

女とはなにか？

「女の体の骨は、男の骨にくらべると、短い割に太く、肋骨《ろっこつ》や歯列などの彎曲《わんきょく》の度合も、男にくらべて強いのです」

　こういう記述が高校の時の生物の教科書にのっていて、私はこれを読んだ時、わけもなく、ひどく感動しました。これは詩だ！　と思った。

　なるほど、そういえば確かに女の胸や胴は男のように平たくなくて、なんというか、小さく弱弱しいなりに、一種ふくよかな、丸っこい厚味を持ってるじゃありませんか。歯だってそうです。歯形なんか小さいんだよ。小さくカーヴしてるんだよ。それが女なんだよ。いやあ、なんという正確な、そうして詩的な記述だろう。そうして、まあ、女というものは、なんという、いじらしく、可愛《かわい》らしく、またデリケートな、上等な存在なんだろう――私は若若しい憧《あこが》れの溜息《ためいき》をついたのであります。

その頃、私は恋をしておりました。私も恋人も十七歳だった。恋人の女の子は、いつもアストリンゼント・ローションの爽《さわ》やかな匂《にお》いをさせていました。すべすべと細かい肌、柔らかく波打つ髪、りんとした涼しい目、上等のセーター、綺麗《きれい》な筆跡——彼女のすべてが、私より一まわり小さく、かつ優雅で上品な気分を漂わせておりました。彼女の右手の中指の、万年筆のインクの汚点《しみ》すら、なんとなく可憐《かれん》で愛惜の念をかきたてるのでした。

結局、男の子の十代、というか思春期というのは、あまりにも即物的にして雑駁《ざっぱく》、どうにも埃《ほこり》っぽすぎるのです。野球、喧嘩《けんか》、弁当を二時間目に食う、親に楯《たて》つく、機械いじり、新しいバスケット・シューズが欲しい、ああ腹が減った、パンが食いたい、と、まあ、こう書きならべるだけでもがっかりするほど、色気もなにもあったもんじゃない。まるで蝗《いなご》のような、鶏のような、あるいは野良《のら》犬のような生活であります。こういう野良犬の生活の中へ突如恋人が出現する。なにかこう柔らかく、匂いやかな、繊細な存在が出現する。これはまさに奇蹟《きせき》であります。突如としてわれわれはロマンの世界に足を踏み入れるのであります。

以来十数年、思えば遠く来てしまったものでありますが、しかし私はいまだに十七歳のころの女性観から抜け切れていないところがある。なるほど、今では、私は、女というものがただただ甘美な、ふわふわと、とりとめもなく美しいものでなんかありえない、ということを知ってしまっております。女というものが、決して別天地の存在でなく、むしろいろんな意味で男と変わらない、なんとも現実的で味気ない存在だということを知っております。しかし——知ってはおりますが、人間は、やはり、一度心の中に宿ったものからは一生抜け出せぬのではありますまいか。私の心の中には、今でも十七歳の頃夢見た恋人の姿が住み続けているのです。いや、現実のそのひとが忘れられないという話じゃありませんよ。現実のひとに関してはほとんどなにも覚えちゃいないが、つまりそのひとに托《たく》して作り上げてしまった幻覚、爽やかな、気品匂うが如《ごと》き恋人、という女性像から私は逃げられそうにもないのです。

勿論《もちろん》、愛というものは運ではない。つまり「運のいい」人だけが「運よく」理想の相手を見つけることができ、理想の相手さえ見つかれば問題はすべて解決、あとは温泉にでもつかるように愛にひたり、そのまま一生ぬくぬくと愛し続けることができる――というようなものではありません。つまり、愛に関する諸問題は、その大部分が自分の心の問題であることを、私は骨身に沁《し》みて知っております。知ってはいるのですが――嗚呼《ああ》！　それにしても――女というものは、やはり神秘なものであってもらいたいのです。われわれ男のはかり知ることのできぬ、いわば高嶺《たかね》の花であってもらいたいのです。上等の香水や、レースのたくさんついた、雲のような、また花のような、柔らかく軽い下着に包まれて、小さな小さな靴に、細っそりした足をするりと滑りこませる、というふうであってもらいたいのです。そうして、私はそれを、遣瀬《やるせ》無い憧れの気持ちで眺めていたいと思うのだが……

目次

クワセモノ　15
狼少年　21
川の底　27
花火　33
キザ　40
不在通知　48
百円玉　56
軍服　63
放出品　69
防禦　75
富士山麓　83
シコシコの論理　91
長髪の論理　101
歯　114
済んでしまった！　121
腕の問題　126
犬の生涯　131
寄り物　138
シンデレラ　143
浮気論　150
流れゆく女友だち　157
御祝儀袋　162
わが思い出の猫猫　168
盃と箸袋　186

薯焼酎 191
直立猿人の逆襲 198
失楽園 203
道筋 210
運転手の論理 216
地震のない国 227
香水 233
屋台の論理 238
隠し球 249
マッチ 256
捨てる！ 261
書斎の憂鬱 266

扇子 279
辞書 284
書き込みのある第一ページ 291
ザ・ネイミング・オブ・キャッツ 297
猫 302
眉間の皺 313
うぬぼれかがみ 325
インヴァネス 330
鼻の構造 335
脱毛 341

解説　新井　信

絵　伊丹十三

再び女たちよ！

クワセモノ

父の友人が私に話をしてくれた。

ある時、彼が父と一緒に旅行して、とある宿屋へ泊まることになったのですね。宿帳が出る。筆を取り上げて父が書き始めた。横から見ていると、住所、氏名、年齢、まですらすらと書いてきた筆が、次の「職業」のところでふと止まった。

父の職業は映画監督であったが、こういうことを宿帳に堂堂と書き込むためには、かなり頑健なる精神を要する。職業欄に「芸術家」と書き込んだ女優がいたという話をなにかで読んだが、なかなかこういうふうにできるもんじゃない。

私にも、宿帳に「俳優」などと書き込む勇気はないだろうなあ。たぶん「自由業」くらいでお茶を濁すんじゃないかな。それにしても、ただ自分の職業をありのままに記入する、なんていうあたりまえのことに、なんで勇気なんぞが必要なのだろう。

私は友人の俳優や作家や作曲家に訊《たず》ねてみたが、たれ一人として「俳優」とか「小説家」とか宿帳に書いたことのあるひとはいなかったのである。

「おまえさん、それで俳優のつもり？」

「ほう、あんたが小説家ねえ。するとあんたが書いてるものは小説ってことになるねえ、小説ってのは、あんなもんなの？」

「俳優っていうのは、ジョン・ギルグッドとかマイクル・レッドグレイヴとかアレック・ギネスとか、ああいうひとのことをいうのかと思ってたなあ。ふうん、あなたも俳優なの」

「まさか、このひとが作家っていうんじゃないでしょうねえ。このひとのこと作家なんていったんじゃドストエフスキーにも失礼だし、バルザックにも失礼だよ。ヘミングウェーにもサルトルにも失礼だよ」

宿帳の職業欄に行き当ったとたんに、心の中が喧喧囂囂《けんけんごうごう》という状態になってしまうらしい。

作家なり俳優なりとして、世の中で通用するということと、自分の中で通用するということとはまるで違う。

世の中での通用がいかに追いかけても、自分の中での通用というものは、決してそれに追いつかれてはならぬし、ましてや追い抜かれたりしてはならぬものである。いわんや、世の中での通用というものが、自分の中での通用の代わりに住みついている心なんぞは、初めから論外というべきだろう。

　しかし、なんですね、世の中というのは寛大というのか、たとえば私なんぞを、なんとなく生かしておいてくれる。実に不思議なものだ。なんで私なんぞが、仮にも通用できるのか。

　私は「クワセモノ」ではないだろうか。若い時から心の中に立ち籠《こ》めていた、このもやもやとした疑惑が、今や凝ってひとつの固い黒光りのする確信となって私の心の中に残ったね。

「然《しか》り。私はクワセモノである」


　そういうわけで、私は、父が職業欄に書き込もうとして、ふと筆をとめた気持ちがよくわかるのである。

　父の友人の話によると、父は一瞬考えたあと、伊丹万作の名前の下に「山師」と書き加えたという。

最近、私は悪性の湿疹《しっしん》にとりつかれた。どうも旅先で伝染したらしい。これを掻《か》き壊してしまって、薬を塗れども塗れども根治しない。まあ、服を着ていれば見えない場所ですから営業には差し支えないのだが、なんとも不愉快なものだね、湿疹というのは。

しかも、折り悪《あ》しく風邪をひいて、この風邪が扁桃腺《へんとうせん》へきた。扁桃腺が大きく腫《は》れて、たとえば、大きな、生まのレバーのかたまりを呑《の》み込みかけているような、これまた、えもいえず不愉快きわまりない症状である。

しかも、こいつは痛い。唾《つば》を呑みこむために一大決心を要するほどに痛いのである。加うるに――これは扁桃腺が痛くなって初めて気づいたのだが、人間というのはやたらに唾をのみこんでるんだね、日常。だから、私は、三十秒に一度くらいの割りで、唾をのみこみたいという気狂いじみた欲望と必死になって闘わねばならぬ。物も食えなければ眠れもしない。

さらに悪いことには、今度は歯が痛くなってきた。医者に見せるとエキストラクトしようという。つまり抜こうという。しようがない、抜きましたよ、三本ばかり、奥歯を。

しかもですよ、かてて加えて今度は突如蕁麻疹《じんましん》が全身に粒粒と湧《わ》き起こったね。どうも、扁桃腺を治すための抗生物質と、歯痛をとめるための痛みどめが体の内で衝突したらしくて、全身気が狂いそうに痒《かゆ》いのです。それはもう、この「痒い」という字をこうやって書いているだけで、もう体中を掻きむしりたくなってくるほどに痒いのです。

どうしたらいいのかね、おれは。永年の悪業《あくごう》が、ここに報いをうけて、体が中から腐り始めたのではあるまいか。中のほうは、すでに緑や黒のドロドロに化しているのではあるまいか。

ああ痒い。扁桃腺が痛い。唾をのみこみたい。湿疹も痒いぞ。奥歯が疼《うず》く！

ともあれ、私は仕事に出ねばならぬ。仕事は待ってくれない。風呂《ふろ》にはいる。服を着る。鏡の前に立つ。鏡の前に立って私は驚いたね。

病気で少し痩《や》せたせいか、顔がいつになく引き緊《し》まっていい男に見えるではないか。なぜか蕁麻疹も顔へは出ない。歯を抜いたのも奥歯だけだ。体の中は、すでに緑色に腐り始めているのに、外から見える部分だけはパーフェクト・コンディションを保っているというこの怪異！

ああ、もしかしたら私は底の底までもクワセモノなのではないのかしらん。

狼《おおかみ》少年

「医者をやったのがオリヴィエでね、娘がレデッサ・レッドグレイヴ。ほら、マイクル・レッドグレイヴの娘でさ、これはいい女優ですよ。実にうまい。ね？　それでさあ、演出がね――ええと――演出が、と――ホラ、あの、なんてったっけな、いるじゃない――ホラホラ、ええとさ、あの――アレ？　おかしいなあ、急に忘れちゃったなあ――ホラ、わかんないかなあ、ええと――変だねえ、つい今まで判《わか》ってたのに――ホラ、畜生、うーんと何だったったっけなあ――」

「どんな感じの名前なんだい」

「どんな感じったって、つまり、なんていうかなあ、こう――アッ！　アーサー――じゃないなあ、アルフレッド、でもないし、なんかこうアがついたような気がするんだけど」

「アンドリュウ」

「違うなあ」

「アルバート」

「違うんだなあ、ええと、アーサー、じゃないし——ええと困った——うーん畜生、癪《しゃく》だなあ、こいつは——うーんと、アーサー、じゃないし、なんだっけなあ——」

「たとえば、どんなもの作った人なのさ、その——」

「アッ！　リチャード——でもないなあ、失礼、今なんてったの？」

「だからね、どんなものを——」

「ああ、どんなもの作ったかね。ええと、たとえばさ、アルバート・フィニイの主演した映画でさ、ほら、なんとかいうのあったじゃない——あのさ、ええと——おかしいねえ、また忘れちゃったよ——なんてったっけ、ええと、ホラ、あるじゃない、ホラホラ、ねえ、ホラホラホラホラさあ——」


どうも近頃物憶《ものおぼ》えが悪くて困ってしまう。いや、こういうのは物憶えが悪いというんじゃなくて物忘れがいいというのかな。

若い頃にだって勿論《もちろん》ど忘れということはあったけど、それは、たとえば三時間も四時間も芝居や映画の話をしている間に、せいぜい一つか二つくらいなものだったろう。たった一つか二つであるから、これを徹底的に考えるという愉《たの》しみがある。ちょっと書物をあたってみれば、すぐ判るのだが、それでは思い出すという愉しみがなくなってしまう。よおし、おれは意地でも思い出すぞ、ええと、なんてったっけ、ホラホラ――

それにしても、あの、喉《のど》まで出かかって出てこない状態というのは、あれはなんとももどかしいもんだね。胸の中が痒《かゆ》いような、喉を掻《か》き毟《むし》りたくなるような、あの絶望的なイライラ。そうして、どうしても思い出せなくて諦《あきら》める時の、歯がゆさ、口惜《くや》しさ、割りきれなさ。

そうして、次の日のお昼頃、なんでもない、ただぼんやりしているような時を狙《ねら》って、それが突如、天啓の如《ごと》く、ポカリと頭の中に戻ってくる時の、あのすがすがしい嬉《うれ》しさ。

今思うと、むしろあれは愉しみに近かったように思う。芝居や映画の話に耽《ふけ》る時、私は、早くあの貴重な数少い「ど忘れ」が出てこないかと心ひそかに期待したようにすら思う。

それが今ではどうだ。芝居や映画の話になると、会話の大半がど忘れした名前を思い出すことに——いや、思い出そうとしてそれができず、諦めることに費やされてしまう。まるで砂粒だらけの御飯を食べているみたいで、およそ話に興が乗らなくなってしまった。


私の母が、ある時、台所で漬物を刻みながら、突然、

「チャガタイ、オゴタイ、イル、キプチャク」

と唱《うた》うようにいったから私は魂消《たまげ》た。

人間の記憶というのは、まことにもって気まぐれなものではないか。六十何歳にもなって、突如、女学校時代の歴史の勉強の断片が浮かび上がってくる。ホラ、あなたはおぼえてないかな、チャガタイ汗国、オゴタイ汗国、イル汗国、キプチャク汗国。

別な時には、母は突然「狼少年」をすらすらと暗誦《あんしょう》して私を驚かせた。

オオカミ　オオカミ　オオカミト
コエヲカギリニ　サケベドモ
ヒゴロウソツク　ムクイニテ

トウトウ　アワレナ少年ハ
ケモノノエジキト　ナリマシタ

一体どうなってるのかねえ、記憶というものは。なんでこういう愚かしいことを大事そうにおぼえているんだろう。

私も妙なことがふと心に浮かぶことがあるなあ。たとえば肉弾三勇士の名前、江下、北川、作江、なんていうのが、なんの脈絡もなく口をついて出たりする。

そのくせ、年年物忘れがひどくなりつつあるらしくて、そもそも二、三日前のことをもうおぼえていないし、ひどい時には昨日なにをしてたのか、どう考えても、まるで記憶から欠落してしまったように思い出せないことすらある。

結局、なんだな、これはひとつは独り者のせいでもあるな、独り者であることの不都合の一つは、思い出を分けあう相手がいない、ということかも知れぬ。なにしろ記憶というものに対する愛惜の念がまるで起こらない。要するにどうでもいいのだ昨日のことは。

思い出す、という作業をやめてしまってから、どうも私の記憶力は鈍りはじめたらしい。(こういうのをユーズ・アンニューズの法則といったね。やはりくだらないこ

とはおぼえている）

ま、現在と未来だけに激しく生きる、といえば聞こえはいいのだが、しかし、大切な思い出を全く生み出さないような生き方、というのは、やはりこれは雑駁《ざっぱく》な生き方なのではあるまいか。

うむ、たしかにそうだ。やっぱり、私は可憐《かれん》なる恋人を見つけよう。そうして、共通の思い出とやらを、時間をかけてせっせと積み上げよう。どこかに恋人はいないか。きっときみをしあわせにしよう。だれか——だれかぼくのお嫁さんにならないか。だれか、だれか——といっても駄目なんだ、それは。

オオカミ　オオカミ　オオカミト
コエヲカギリニ　サケベドモ
ヒゴロウソツク　ムクイニテ——

というケースである。

ああ、これは身に沁《し》みるなあ！

川の底

三島由紀夫さんの「宴《うたげ》のあと」という小説の中に、

「人間とはただ雑多なものが流れて通る暗渠《あんきょ》であり、くさぐさの車が轍《わだち》を残してすぎる四辻《よつつじ》の甃《いしだたみ》にすぎないやうに思はれる。暗渠は朽ち、甃はすりへる。しかし一度はそれも祭の日の四辻であつたのだ」

とある。

人間が川であるなら、われわれの心は川床ということになろうか。

自分の心を覗《のぞ》き込もうとしても、われわれの目に映るのは、渦巻き流れる濁った水でしかない。川床の状態を、われわれは流れる水を透して、朧《おぼろ》げに想像しているにすぎないのであって、川床が大きい丸い石でごろごろしているのか、あるいは綺麗《きれい》な砂地なのか、あるいはまた臭気紛紛たる泥であるのか、瀬戸物のかけらや、破れたゴム長や、錆《さ》びた空罐《あきかん》が沈んでいるのかいないのか、たしかなところはだれも知りはせぬのだ。

いっそ川の水をせきとめてみたら、という提案をした学者がいた。エリッヒ・フロムという人である。

一室に閉じこもって、三日ばかりなにもしないでいる。新聞も読まない、ラジオも聞かない、テレヴィジョンも見ない。むろん本を読んだり、絵を描いたり、編み物をしてもいけない。人にも会わぬ。仕事のことも考えない。思わず電話の受話器に手がのびそうになるだろうが、ぐっとこらえる。

こうして「雑多なものが流れて通る」のを完全に止めてしまって、川床の状態を仔《し》細《さい》に調べてみること、つまり、自分の心と、しみじみ語りあってみること、それ以外に自分の心を知る法はない、というのである。

われわれ凡俗なるものどもにあっては、全くこの逆をやるのがすなわち生活というものなんだからいやになってしまうではないか。

「雑多なもの」がちょっとでも切れかかると一大事だ。八方手を尽くして、なんとか

「雑多なもの」が切れないよう、あるいは週刊誌など買いもとめ、あるいはデートの約束をとりつけ、仕事を作り、デートのあとは麻雀《マージャン》をするのか、一杯呑《の》むのか、それも終って家へ帰ってきたらどうする？　まだ「雑多なもの」は切れぬか？　うん、大丈夫大丈夫、テレビがある、あの子に電話をかける、週刊誌もまだ読み残している。そのうち眠くなるだろう。そうして明日の朝になれば新聞がくる、モーニング・ショーがある、仕事がある、人に会う、電話をかける、電話がかかる、お茶を飲む、食事をする、またデートがある、大丈夫大丈夫、絶対ここしばらくは安全——なんのことはない、気を紛らわせるためにわれわれは生きているのだ。絶対に自分の心を見まいとする努力、これがわれらにおける生きる努力であります。

　ここまで書いた時に電話がかかってきた。

「なにしてるの？」

「別に、なんにも」

「一人？」

「一人」

「今何時頃かしら？」

「さあ、もう夜が明けるんじゃないかな。四時ごろかな」

「まだ寝ないの？」

「うん、ベッドにははいってるけどね」

「そう――どっち向いて寝てるの？」

「どっちって、枕《まくら》のほうが頭だけど」

「ていうと、どっちだっけ。あなたのベッドはどういう向きに置いてあるの？　ほら、あなたの家の玄関はいると、右のほうに廊下があって、その奥が寝室でしょ？　そうすると、あの廊下からはいって寝台はどっち向いてるわけ？」

「廊下からはいれば、ええと、左が頭で右が足だけど、なに？　一体。なにを知ろうとしてるわけ？」

「あなたが私に対して、どんな向きで寝てるかなあって――」

「ああ、わかったわかった。うん、それはね、ええと――きみのうちはどこにあるの？」

「青山」

「青山ねえ。そうするとさ、きみの寝台は青山通りに対してどうなの、平行？　直角？」

「ええと、青山通りでしょ。左へはいって、左へ曲がって、左側にうちの玄関があって、まっすぐいくと、左側に寝室があって、ベッドがこうなってるから、ええと、あ、直角。じゃない平行」

「平行ね？　平行とするとだな。青山通りと麴町《こうじまち》が平行だから——うん、ぼくらは平行に寝てるぜ」

「ほんと？」

「うん、並んで寝てる」

「あら、素敵じゃない」

「きみはどっちが頭？」

「どっちが頭って、だから枕——」

「そうじゃなくてさ、つまり、渋谷《しぶや》のほうが頭？　それとも赤坂見附のほうが頭」

「ええと、渋谷——ちがうわ、赤坂」

「じゃあ逆だなあ。きみの足がぼくの顔のほうにきてる」

「ほんと？　じゃあ、あたし逆さになろっと——よいしょ——ほら、なったわよ」

「よかったよかった」

「あら、もう外が明るくなってきたみたい」

「ほんとだ。明るいや。もう切ろうか」

「だって淋《さび》しいもん」

「いいじゃないか、同じ向きに寝てるんだから」

「ね？　あなたどっち向きに寝てるの？　あたしは仰向けだけど」

「ぼくは俯《うつぶ》せ」

「あら——」

ひとびとが、心を紛らわせようとする努力、まことにかくのごときものである。

花火

十七歳と十八歳の美少女が、遊びにくるという。じゃ、浴衣《ゆかた》を着ておいで、と注文した。

しばらく前に、赤坂の与太呂《よたろ》という店で鯛《たい》御飯ができるのを待っていたことがあって――鯛御飯というのは、静岡の鯛めしとはまるで関係がない。釜《かま》めし風の、うっすらとお醬油《しょうゆ》味のついた御飯をお釜で炊《た》くのだが、炊く時に、鯛を一匹、御飯の上にのっけて炊いてしまう。そうして、炊き上がったところで、鯛の骨を取って、身を御飯の中へほぐして食べる、という仕掛けのものなのだが、これがなかなかよろしい。お店の人が鯛をほぐしたりしている間、一と足先におこげなんかをもらって、これで一杯やるというのも結構だし、食べ残した鯛御飯をお土産に貰《もら》って、夜中に雑炊にして食べるなんかも、これまたいいわけで、なにしろフルに愉《たの》しめるのですが――ええと、なんの話だったかというと、そうそう、要するに、そういう鯛御飯というものがあって、それを私は愛用しているわけだが、その日も私は鯛御飯が炊き上がるまでの四十分ばかりを、柴漬《しば》けで一杯やりながら待っていた。

ふと気がつくと、店の前の一つ木通りが妙に杲杲《こうこう》と明るくて、賑《にぎ》やかな人出なのである。聞いてみると縁日だという。どうも私は人恋しい性質にできているらしく、人混みの中をぶらぶらするのが実に好きなのですな。早速一と廻りしてみる気になって立ち上がった。まだ鯛御飯ができるまでにだいぶ時間もある。

歩いてみると縁日なんてものは相変わらず気分の出るものですねえ。綿飴屋《わたあめや》がある。金魚屋がある。盆栽屋がある。だれが買うのか知らんが、小さな亀《かめ》なんか金盥《かなだらい》に入れて売っていたりなんかする。そうして――ああ、すっかり忘れていたなあ、そうそう、こんなものがあったっけ――花火！　花火を売っている屋台を私は発見したのである。

しかし花火というものも変わらないねえ。あの、日本の玩具《がんぐ》特有の紫や桃色や緑や黄の染料の色はどうだろう。妙に毒毒しく、そのくせ、うらぶれた、沈んだ色合いはどうだろう。

桃色の軸に、汚れた銀色の火薬を塗りつけた「電気花火」がある。紫や白や赤、黄、緑の斜めの縞《しま》模様の「線香花火」がある。線香花火を、くるりと輪にしたような「鼠《ねずみ》花火」がある。太い筒で「落下傘《らっかさん》」なんていう花火がある。打ち上げると、紙のパラシュートがゆらゆらと降りてくる、あれです。

私は、花火の前に、まるで夢見心地で立っていた。なにかこう、落ちぶれた肉親にでも会ったような、懐《なつ》かしさと、遣瀬無《やるせな》さに包まれて、私は呆然《ぼうぜん》と立っていた。

二人の美少女に浴衣姿で遊びにおいでといったのは、この時に買いこんだ花火が山のように残っていたからである。二人に花火をやらせて、私は盃《さかずき》を傾けながら見物しよう、というわけです。

二人がやってきた時はまだ明るかったので、暗くなるまで、三人でトランプをしたり、テレビをつけて、物真似《ものまね》コンクールだとか、スター隠し芸大会だとかいうふうな、他愛《たわい》のない番組を見たり、そのうちに二人はおなかがすいてきた様子なので、ちらし寿司《ずし》を取り寄せたりなんかして過ごした。

私は食慾《しょくよく》なんぞまるで無いから一人酒を飲む。若い人たちの小気味のよい食慾を見て、それを愉しむ。まるで老人である。

「このちらし寿司の上に乗ってるもの、全部いってごらん」

などといってみる。

「ハイ。赤貝、こはだ、いか、あなご」

「ギョク、ソボロ、イクラ、胡瓜《きゅうり》」

二人が競争で答える。ギョクなんていうのは父親の真似だろう。私はだんだん自分が谷崎潤一郎の小説中の人物のような気分になってきました。


屋上で花火を始めたのは、暗くなってから一時間もした頃だったろう。

「つけるわよ、つけるわよ」

「キャッ」

「だめじゃない、ほら、消えちゃった」

「あ、ついた、うわあ綺麗《きれい》」

「ほらほら、私の見て、すごい、素敵」

「あっ、だめねえ、突然終っちゃうんですもの、チクショウ」

「ザマミヤガレ」

賑やかなものです。

「ほら、こうやって動かすと綺麗よ」

「ほんとだ」

「ほら、クルクルクル」

「これでね、名前書くのよ、空中に」

「名前？　だれの？」

「ばかねえ」

「ア、そうか、私も書いちゃお」

二人で恋人の名前を書き始めた。ケンボーとかタケシなんて書いてるんだろう。十七歳と十八歳、恋を知り初《そ》める頃だもんなあ。はっは、考えてみれば、二人の齢《とし》を合わせて、ちょうど私の齢ではないか。


私は二、三日前、原宿のレストランで見た少女を思い出した。あの少女も十七、八だった。男が一緒だった。男は私くらいの年恰好《としかっこう》だった。二人の会話を、私は人を待ちながら、聞くともなしに聞いてしまったが、それは少女の最初の一と言が不思議だったからである。

「早く冬にならないかしら」

少女はいった。まだ梅雨時で、空はどんよりと曇っていたのである。冬を思うには少し早すぎる。

「早く冬にならないかしら」

「冬になると、どうなってるのかね、われわれ」

「わからない」

「………」

「冬、寒い中を胸を張って歩くのって、いいものよ」

「………」

「いい空。こういうの私たちの空ね」

「………」

「雨も好きよ。空が真っ青に晴れてると、私いやになっちゃう」

「そんなこというもんじゃない」

「私、あなたと別れたら、どこかへ引っ越すわ。そうして髪を切るわ」

二人の少女の花火はまだ続いている。赤い火花、白い火花、青い火花で、二人は闇《やみ》の中に恋人の名を綴《つづ》っている。

「これで大丈夫ね」

「うん、絶対通じるわよ」

そんなことを、私に聞こえないように小さな声でいいあっている。

キザ

アントン・ウォルブリュックが死んだそうである。実に惜しいと思う。なにしろ、あんな大時代な芝居をしゃあしゃあとやってのけられる俳優は、そうざらに出てくるものではあるまい。それにしても、いやはや、それにしてもキザな役者であったな、アントン・ウォルブリュックという男は。

あなたは「赤い靴」をごらんになったろうか? 私は九回見た。

初めは、音楽と美術、そうして衣装、それからバレエ、そういうものに酔うために映画館へ足を運んでいたのであるが、さよう、たぶん四回目くらいからだろうか、私はふと、このアントン・ウォルブリュックの立居振舞いのすべてが、およそあらゆる細部にわたって、完全に洗練され抜いていることに突如気づいたのである。

それからあとは、バレエはどうでもよくなってしまった。私はアントン・ウォルブリュックの一挙手、一投足を見るためにのみ映画館にかよったのである。

ともかく見事にキザな男であった。たとえば、おそらく男であんなにマニキュアした手が似つかわしいやつは、ちょっと想像するのが難しいのである。河野一郎のマニキュアとはわけが違う。

そしてあの立居振舞い――

たしかにあれは舞いに近かった。たとえば、手袋を脱ぐ、帽子をとる、とった帽子の中へ手袋を横たえてボーイに渡すというふうな仕草が、踊りの振りのように美しいのである。

あるいは、右手から左手にステッキを持ちかえたとみるまに、返す右手でボーイが捧《ささ》げ持つ盆の上からひょいとシャンペン・グラスをとる、その流れるようなリズム。

しかも、これらのすべてを、よくよく注意しなければそれとわからぬくらい、彼はさりげなくやってのけたのである。実に憎い男ではないか。あそこまでやれれば、だれしも、美しさを誇張したくなるものである。しかし、彼はそれを押えた。それでは手品師の手付きに堕してしまうことを彼は知っていたのだろう。どこまでもキザな男である。

日本では、キザとかダンディだとかいう言葉がきわめて安直に使われているようだが、私の見るところでは、ああいう本格的なキザというのは日本では絶対に生まれようがないと思う。

つまり伝統というものである。たとえば、ウォルブリュック家というのは、ウィーンで何代も続いた役者の家柄であると聞いている。そういう家系の中で、伝承され、磨きあげられて生まれたものなのだ、あのキザさかげんというものは。どうにも敵《かな》うものではないのである。

それに、生活も違いまさあね。やっぱり贅沢《ぜいたく》というのは、相当に、自ら体験しなきゃ、そういう雰囲気そのものが身に備わってこないのである。

そういえばこんな小咄《こばなし》があった。

イギリスの金持ちが二人、コンノート・ホテルのロビーでコーヒーを飲みながらヨーロッパ旅行の相談をしていたとお考えください。

乗り物はなんにしよう、ロールスでいいんじゃないか、じゃあそれに決めようというので、さっそく秘書が連絡をとると、目と鼻のさきにあるバークレー・スクエアからロールス・ロイスのディーラーがとんでくる。カタログなど仔細《しさい》に検討したあげく、これがよかろうというので銀鼠色《ぎんねずいろ》のシルヴァー・クラウドを購《あがな》うことに話が一決した。

金持ちの一人が言った。

「勘定はどうしようかね？」
もう一人の金持ちが小切手帳を出しながら答えた。
「割り勘でいこうじゃないか。どうだろう、車はぼく、コーヒーは君が払うということで」

日本の役者は、貧乏人をやらすと、みんなほんとうにうまい。それはもう見事なものですが、逆に金持ちということになると、さよう、二流会社の社長程度でもすでに怪しい。いわんや大企業の会長なんていうことになると手も足も出ないのである。まるでさまにならない。

誤解を恐れずにいうなら、俳優は贅沢をするべきだと思う。少くとも、もっともっと贅沢というものを「知る」べきであると思う。といっても、けばけばしい家を建てて、趣味の悪い調度を飾り、グリーンのソファの上にピンクのクッションを置き、ノレンをさげてコケシを並べろというのではなくて、つまり、そういうのは貧乏人の発想だからね、そういうのではなくて、ほんとに趣味のいい、洗練された贅沢、そういう贅沢を知っている人物が、一体どういうものを着て、どういう店で買物をし、どんな食事をして、どんな家に住み、どういう物言いをするのか、これをもっともっと研究してみる必要があると思うのである。

「あのさ、アントン・ウォルブリュックの死を悼《いた》んでだね、一大キザ大会ってのはどう? これがキザだっていうアイディア、どんどん出してみようよ」

「キザねえ、うんあったあった。これはね、岡部《おかべ》冬彦《ふゆひこ》から聞いたんだけどさ、真夏のかんかん照りの日にさ、車に冷房いれてすごく涼しくするんだって。そいでさ、それに乗って町へ出てくだろ、ちゃんと背広きてネクタイなんかしめちゃってさ、ネ? そいでさ、道端へすうっと車とめてさ、窓開けてね、外の人に聞くんだってさ、あのう、外は随分暑いですか? こりゃキザだよ、かなり」

「まず非常に大きい邸《やしき》を買い取る。そうさね、まず川奈《かわな》ホテルくらいの家を買いましてだね、むやみに人を招待しちゃうの。ネ? 常時何十人ってお客が泊まってるわけよ。ネ? すると友達のまた友達かなんかでさ、おれなんかまるで知らない人なんかもいるわけ。するとさ、女房が『あのかたどなた?』かなんかいうじゃない。そこでさ、おれが『おや、あのかたはあなたのお友達じゃないの? 去年からお泊まりのようよ』かなんかいっちゃうわけよ」

「あのね、こういうのはどう? 銀座なんかでよく大道で絵を売ってるのあるじゃな

い。あれをさ、全部本物のピカソ、マチス、ルノアールでいくの。これいくら？　こちらでございますか、こちらは、と、八千万になっておりますが。これキザじゃない？」
「ゴジラ対キングコングという映画を作る。画面にはいっさい現われないしタイトルにも出ないから一般の人にはわかんないんだけど、ゴジラとキングコングの縫いぐるみの中にはいって演技してるのが実はローレンス・オリヴィエとリチャード・バートン……」
「洋式のトイレの、あの馬蹄形《ばていけい》の蓋《ふた》な、あれにさ、靴下みたいなカバーかぶせてる家があるじゃないの？　あれをさ、ミンクで作るってのどう？　ハァ、これミンクでございますの。一番館で作らせましたのよ。二度もお仮り縫いいたしました」

どうもわれわれの性根は根本的に貧しくできているらしい。

私が実践したキザを一つだけ書くなら、去年私は女房とお揃《そろ》いで爪皮《つまかわ》を作った。爪皮というのは今の若い人はご存じなかろうが、雨の日に下駄《げた》の爪先きにつけて足先きの濡《ぬ》れるのを防ぐ道具であります。この爪皮をルイ・ヴィトンの鞄《かばん》をばらして作った。

（鞄の値段は書かぬ）銀座の阿波屋《あわや》さんの年取った職人さんが、

「でも、いいんすか、ほんとうに」

といいながら、新品のルイ・ヴィトンの鞄を鋏《はさみ》でジョキジョキと切っていった。

私も女房もこの爪皮は死んでも雨の日には使わないつもりだ。

不在通知

友人の家へ電話した。友人の名前を仮に甘木としよう。これはいうまでもなく某という字を分解したものである。ベルが一回鳴って電話は繋《つな》がった。

「はい、こちら甘木です」

という声が聞えたから、

「ああ、イタミですがね、あの……」

といいかけると、友人は妙に落ち着き払った口調で、私の言葉に少しも耳を貸す気配もなく後を続けた。

「只今《ただいま》、所用で外出しております。今から私が『どうぞ』と申しますと、ピーッという信号音が聞えますから、信号音が終りましたら御用件をお話しください。帰り次第こちらからお電話させていただきます。では、どうぞ……」

とあって、なるほどピーッという信号音が聞え始めたから、私は咄嗟《とっさ》のことに、なにをどういう順序で話せばよいのやら、大いに惑乱する間に、もうピーッという信号音は鳴りやんだから、私は狼狽《ろうばい》のあまり、

「ええと……」

といったまま、頭が混乱して後が続かず、慌《あわ》てて電話を切ってしまった。


十年ばかり前、長崎の小浜というところの温泉旅館に泊まったことがあって、そこの便所で目撃したことを思い出す。

便所の一角に手洗いがあった。水道の蛇口がついて、半円形の瀬戸物の手水鉢《ちょうずばち》がついた、ごく普通の手洗いである。その手洗いのところに一人の老人がいた。

田舎の、海辺の温泉のことで、老人は多分極く貧しい漁夫であったろう。老人は、何をどう間違えたか手水鉢の中に脱糞《だっぷん》してしまったらしいのである。私が便所にはいった時、老人は多量の紙を手にして、白い鉢の中に堆《うずたか》く盛り上がったものを掃除しようとしているところであった。

おそらく、旅に出る前に、息子の嫁あたりが、都会へ行くと水洗便所というものがある、これはうちの便所と全く勝手が違うから、くれぐれも使い方を間違えて恥をか

かぬように、としちくどく注意したのではないかと思う。

老人は最新の文明に適応できなかった――とするならば、友人の留守番電話に愕《おどろ》いてしどろもどろに電話を切ってしまった私も、なんら老人と選ぶところはないではないか。

あの老人も、あとで段段腹が立ってきたろうが、私も勃然《ぼつぜん》と口惜《くや》しくなってきた。

こんな器械に一方的に惨《みじ》めな思いをさせられて黙っている法はない！　なんとしても同じ器械を取り付けて、世の人人に私と同じ困惑を味わわせねばならぬ、というので、腹立ちに紛れて、私は留守番電話の器械を取り寄せ、その場で取りつけさせてしまった。

さあ、あとは、例の口上を吹き込んで、電話が掛かるのを待っていればよいだけだ。

私は電気屋が引き上げるのを待って直ちに使用説明書を読み始めた。

復讐《ふくしゅう》の一念で、ぞくぞくしながら頁《ページ》をめくってゆくと、おう、果たして、あった、あった！

「留守中の不在通知を録音する時」という見出しがあって、こんなことが書いてある。

不在通知の一例

ハイ、こちら○○です。
只今外出中のため、留守番電話が、私に代ってあなたの用件を承ります。
私が帰り次第、こちらからお電話をしますので、私がどうぞといったあと、
ピーッという信号音が聞えましたら、お名前とご用件をお話しください。
では、どうぞ！

なんのことはない。甘木の奴《やつ》はこれを種本にして吹き込んでいたのだ。「ピーッという信号音」だって、プッ、笑わせやがる、ようし、俺もこうしてはおられぬというので、早速カタログの例にならって「不在通知」を録音し、通話を「拡大」にして、自分の声と相手のやりとりに耳をすませながら酒を飲んでいると、かかってくる、かかってくる、次から次へと電話がかかってくるのだが「はい、どうぞ、ピーッ」というくだりになって、いよいよ信号音がやみ、さあ録音という段取りになると、左様、まず十中七八までは力無く受話器を置く気弱な音がして、テープは「復旧」してしまう。はっは、ざまあみろ、電話の向こうで誰だか知らぬが、瞬間的に自意識過剰に陥り、自縄自縛、一言も発し得ずに電話を切るさまが手に取るように伝わってくる。
中には、一旦《いったん》切ったあと、いうべき事柄をメモでもしたのであろうか、妙に硬直し

た物言いで用件を述べるものもあり、あるいはまた、名乗りをあげたはいいが後が続かずしどろもどろになるものもあり、中でも愉快であったのは、甘木が電話してきて、醜態を演じたことであった。

「ええと、あのお、甘木です。ええと、今日伺うことになってたのがですね、ええと、ちょっと工合が悪くなったので、ええと伺えませんので……」

といって締めくくりに苦しみ、

「ええと、伺えませんので、ええと……よろしく……どうぞよろしく……どうぞ、ええ」

と、全く散散の体たらくで電話を切ったのが大いなる愉快であった。

　これが約三箇月前だったか。

そうこうするうち、友人がどんどん留守番電話をつけ始めた。そうして、例の「不在通知」も、全員熟練して妙に悪達者《わるだっしゃ》になってきた。

「ああ、私ねえ、今、ちょっと留守なんですけどねえ——」

という調子で「不在通知」を吹き込む。そしてそれがよほど得意なのだろう。吹き込んだだけでは物足りずにわが家へ来て憎まれ口を叩《たた》く。

「君達の不在通知はあれはみっともないなあ、なんですかあれは、まるで棒読みじゃありませんか。近頃はお役所だってもう少し表情豊かに受け答えするよ。『私が（と、節をつけて）どうぞと、いったあと、ピーッという、信号音が、鳴りますので――』なんですか、あれは。みっともないねえ。俳優でしょ？　俳優と女優でしょお前さんたち夫婦は。仕事の注文の電話だってかかってきてるかもしれんのだ。もう少し努力したらどうかね。あれじゃ、お前さんたちを配役しようと思ってかけてきた人だって考えなおしてしまうよ、え？」

いいたい放題をいって帰って行った。肝が煮えるようだが本当だから仕方ない。カタログにも「吹き込みのご注意」とあって、

「あまり堅くならず、いつもの調子で相手とお話をしているつもりで録音してください」

とある。

なるほど。「いつもの調子」か。要するに自然であればいいわけだ。自然であればあるほどいいのだろう。よし、それならば、というので、私が脚本を書き、女房と二人でリアリズムの演技をして「不在通知」を制作した。

まず、電話が通じると、劈頭《へきとう》、耳を劈《つんざ》くレッド・ツェッペリンの演奏が聞え、女房

が叫ぶ声が聞える。

「モシモシ！　モシモシ！　ちょっと！　ステレオ小さくしてよ、電話全然聞えないわよ！　早く！　あなた！（音楽小さくなる）あ、モシモシ、すみません、イタミでございます、アラ！　ちょっとお待ちくださいませ、ちょっとすみません、ちょっと誰か来たようなので、すみません、ちょっとこのままで……（しばらく物音）ア、どうもすみません、ちょっと洗濯屋さんがきちゃったもので、あの、ちょっとお待ちくださいませ、只今イタミを呼びますので、あなた！　ねえったら、あなた！　あの、ちょっとお待ちくださいませ……（しばらく物音。やがてイタミの声）や、どうもどうも、がたがたして申しわけありません、コラッ、痛いよ……どうもすみません、ちょっと猫がね……ええと、ところでですね、（突如調子を変えて）私ども只今仕事で留守にしております。帰り次第お電話申し上げますので、次のピーッという信号音が終りましたら、おそれいりますが御用件をお話しください。ではどうぞ。ピィー」

私と女房は午前中を費やして、何度もリハーサルを繰り返した揚句にこの不在通知を録音した。できあがった時はお昼を過ぎていたろう。そのまま留守番電話にセットして、午後一杯、夫婦して電話の傍で息を詰めていたが、どういうものか、その午後には一本の電話もかかってこず、やがて興奮も冷めてつまらなくなってきたから、録音を消して普通の声で不在通知をいれなおした。今使っているのもその時のままである。

百円玉

私は、実は百円玉をためているのです。

ある日、酔っぱらって家へ帰ってきたら、上着のポケットが百円玉で一杯だったんです。

お釣りにもらった百円玉を使わないで、買物をしたり勘定を払ったりするたびに、次次に新しく千円札を出したんでしょう。気がついてみたら、上着のポケットの中が、ザクザクザクと百円玉だったんです。

私は台所へいって水を飲み、水を飲んだあとのコップの中へ、百円玉をあけてみました。

ポケットの中で重かった百円玉も、こういうきっちりした円筒形に纏《まと》めてみると、案外嵩《かさ》の小いもので、やっとコップの半ばを満たすだけでしたが、それでも、コップ半分の百円玉というのは、なにがなし宝物めいて見えるものなんですね。私はなんだか金持ちになったような気分で、そのコップを枕元《まくらもと》に置いてみました。

ネ？　なんとなくいいじゃありませんか。

コップに入れた百円玉を「なげやりに」枕元に放っぽっておく男――嗚呼《ああ》、なんと粋《いき》なものではないか、などと思いつつ、でも実はなげやりどころか、そのコップから注意を外らすことができずに、私は今度はコップを取り上げて、中身を床の上にザラザラとこぼしてみたのです。

一体いくらあるのかな？

私は百円玉を十個ずつのグループに分けました。一個、二個、三個……案外あるものですねえ、七千八百円もあった！

どうも後から考えてみると私はこの瞬間から守銭奴《しゆせんど》になってしまったらしいのです。私は百円玉をコップに戻しました。百円玉はコップの中で押合いへし合いしながら、たちまち、またもとの小さな宝物にかえりました。

私はまず、百円玉をコップ一杯にしようと思いました。

コップ一杯の百円玉で、かなりいいギターが買えるのです。私は友人の、中学三年になる娘にギターを買ってやる約束をしていました。百円玉をコップ一杯ためて、その子のためにギターを買おう！

なるべくお釣りの百円玉を使わないようにしていたら、二週間ばかりでコップが一杯になりました。

しかし、いざとなると不思議に惜しいんですね、コップの中の百円玉が。私はギターのほうはお札《さつ》で買うことにして、百円玉を今度は灰皿に移しました。

コップ一杯の百円玉も、大型の灰皿の中では、ほんの底のほうにうっすらたまる程度でした。

それでも何箇月かたつと、この灰皿も一杯になりました。遊びに来た友人が、たまに数えてみては七万円とか八万円とかいっておりました。

私は、さらに大きな皿に百円玉を移しました。今度こそ、この大きな皿が一杯になったら、女房にスキーの道具を一式買ってやって、二人で一週間スキーに行こうなどと考えながら、また何箇月かたって、その大きな皿も一杯になり、さて、冬は来たもののスキーの道具を買うでもなく、今ではいくらあるのか見当もつかぬまま、今度はスペインの、さらにさらに巨大なガラスの壺《つぼ》に百円玉を移し入れ、さしもの分量の百円玉も、巨大な壺の中では、底のほうにわずか三センチくらい積もっているに過ぎぬのを横目で見ながら、このところ毎日を暮らしている始末です。
友人の娘は、すっかりギターも上達して、今では友人とフォークのグループを作っているらしいのです。昨日も手紙を寄越して、自分たちで作曲して唄《うた》いたいから詩を作ってくれといってきました。以下、それに応《こた》えて私が作った、やぶれかぶれのフォーク・ソングです。

生まれたばかりの赤ん坊が
三千八百あるの四千あるの
重さでいうようなことはやめようよ
夏の暑い日に
今年は明治何年以来の暑さだそうで
なんぞというのもやめようよ
セックスにしてもそうだぞ
三時間半もったという男
二時間に六回おこなったという男
一時間に八十七回達したという女

すべてくだらぬぞ
千人斬《ぎ》りなんぞも大いにくだらぬ
あるいはまた
今日は仕事をいくつこなしたとか
東京から京都まで
車で三時間半で飛ばしたとか
あの男は銀座のバーのつけが
月二百万はくだるまい　偉いものだとか
それはなにをいっているのかオマエ

人生は数ではないぞ
人生は新記録の競争ではあるまいぞ
オリンピックなんぞも即刻やめるがよい
視聴率　発行部数　観客動員数
これらはすべて敵であるぞ
数の物差しは人間の敵であるぞ

俺は決して収入で人間を許らぬ
なんぞと思いながら
「偉い人」の前へ出ると
やっぱりつい相応の敬意を払ってしまう
そんなおまえは小人物であるぞ

小人物よ
そんなに数の新記録が楽しいか
史上最大のウエディングケーキで
史上最高の結婚式でもしてみるかね
きみの心はピラミッドの形をしているぞ
そしてきみは
世の中もまた
ピラミッドの形をしていると思っている
ぼくをも含めて
世の小人物よ

「増大する量」に対する信仰を捨てよう
壺にたまった百円玉を持って町へ出よう
酒を呑《の》むなり
撒《ま》き散らすなり
綺《き》麗《れい》さっぱり使ってしまおう
それとも
きみはまだピラミッドを攀《よ》じ登るのかね
ＧＮＰ一位を目指してみるかね
今朝の新聞には
防衛費五兆七千九百七十億
世界第七位とあるぞ
世界第七位！
冴《さ》えない成績ではないか
なにをやっとるのか！
小人物！
頑張って世界第一位になれィ！

軍服

最初に放出品を着たのは、高校のころ四国の松山でだった。当時、私は石鹸《せっけん》の大きな塊りを、ハンマーで細かく砕くアルバイトをやっていたのだが、ある日、アルバイト先の親爺《おやじ》が、どこから仕入れてきたのか、すごくけばけばしい緑色のズボンを見せて、安くするから買えという。

穿《は》いてみると、なかなかいい。ゴワゴワと目のつんだ布地の感触もいいし、それにあのボタンがまたよかった。今でこそあのブルー・ジーンズなんかに使ってる鉄のボタンは、ちっとも珍しくないけれど、当時の私たちの目には、糸で縫いつけてないボタンなんて、とても未来的なものとして映ったものだった。

そういうわけで、私はそのズボンを買った。まだ戦争が終って六年目くらいだったから「国防色」の色そのものが、たまらなくいやだったけど、安かったから私はそれを買った。

買った帰り道に薬局で黒い染粉を買い、下宿でバケツを借りて、私はそのズボンを黒く染めてみた。染粉の袋に印刷してあるとおり、お酢なんかも使ったりして、正確な手順で作業をしたのだが、ズボンは真っ黒には染まらなかった。といって、完全に染粉を受け付けないでもなかった。

結果的には非常に薄穢《うすぎた》ない、なんとも形容のつかぬゴミのような色合いのズボンができあがった。しかも大量生産の関係からか、右半分と左半分では布の質も均等ではなかったらしく、右足と左足とがきっぱり違った黒さに染め上がってしまった。

私は、このズボンを穿いて三年間高校にかよった。


「近ごろ放出品に凝ってるんだって？」

「ええ、まあ、凝ってるってわけでもないんだけど、なんていうか、着ててとても気持ちが落ち着くんですよね」

「そういうものを着始めた動機っていうのは、なんなの？」

「いや、それはね、去年だったかな、ドラマでヒッピーの役やることになったんでね、ヒッピーの衣装のこといろいろ調べたわけ。そんでね、ま、ヒッピーったって、ビートルズに凝ってるのもいれば、フォーク歌ってるのもいる、ＬＳＤ使うのもいれば、マリファナしか吸わないってのもいるし、あるいは、うんと政治的に運動する一派もいるし、また、人を殺したり、要するに暴力に対して特殊な傾斜のあるヒッピーもいるわけでね、まあ、いろいろなんだけど、衣装でいえば、カリフォルニアのヒッピーとニューヨークのヒッピーは、全然違うわけで──」

「あの、よくほら、毛皮に刺繡《ししゅう》したみたいなチョッキなんか着てるのがいるね、中央アジアの民族衣装みたいな──」

「ウン、あれがカリフォルニア系らしいんだな、よくわかんないけど。で、ニューヨーク・ヒッピーってのが放出品っていうか、軍服を着てるらしいのね。で、まあ、僕の役は、ニューヨーク風の流れを汲《く》む日本のヒッピーっていうことにしたわけ」

「それは、どんなもの着たわけ？　やっぱりアメ横かなんかで──」

「ンーと、そうねえ、下はジーパンね、ジーパンのパンタロンでもいいけど。で、上は丸首の木綿のシャツの上に、陸軍とか空軍のジャケットなんか着て──あと、これは僕の好みじゃないけど、首飾りにじゃらじゃらした数珠《じゅず》みたいなものつけたり、ポケットやなんかにウッドストックだとかピース・マークだとかのバッジつけたり
──」

「白と緑のしまのバッジつけてるの、こないだ見たけど、あれはなんなのかな」

「それは、よく知らないけど、反公害のなんかじゃないかなあ、白が空気で緑が植物とかいうんだと思うけど――ア、このごろ農協のバッジつけるのが流行《はや》ってるみたい――あと、まあ、はち巻きするとか、ノドになんか巻くとか、まあそんなとこかな」

「それで、どうなの？　その衣装着て、病みつきになったわけ？」

「まあ、病みついたってんでもないんだけど、でもそれまでヒッピーってのは、とても外から見ていやだったわけね、なんか薄穢なくて。ところが自分で着てみるとね、なんか心のどっかにピタッとくるものがあるんだなあ」

「それは心のどういう部分なのかな、たとえば、乞食《こじき》三日やったら、やめられないなんていうけど、一種そういうお菰《こも》さんになったみたいな――」

「いや、そういう逃避的というか、落後者的な安逸って感じじゃないんだなあ――」

「じゃあねえ――あ、出家したみたいな感じかな？」

「ンー、近いけど、ちょっと違うかなあ――つまりね、軍服ってのはさ、全くの実用品でしょ。しかもその中古品を着るわけよね。だから、つまりなんてったらいいのかなあ、つまり、今のわれわれの生活ってのはさ、一生懸命働いて、お金稼いで、それで欲しい品物買って、それがいい生活ってことでしょ？　つまり、そういう消費のサイクルの中に、組み込まれちゃってる自分というものに対して、無意識にすごい嫌悪《けんお》があるんだと思うんだよね。中古の軍服を着てみて、とてもホッとするというのは、結局、そういう消費のサイクルから脱《ぬ》け出してひと息ついてる安心感じゃないのかなあ」

「じゃあ簡単だよ、それだったらお前さん、コマーシャルやったり、テレビに出たりするの一切やめてだね、今持ってる財産なんてのも全部手放してだね、畳屋の二階にでも下宿するんだよ」

「そうなんだよ、捨てりゃいいんだよなあ、捨てりゃあ。どうせたいした財産があるわけじゃなし、たいした地位があるわけじゃなし――でも――いや、しかしねえ――」

「しかし、なんていってちゃダメなんだよ。消費のサイクルってのは、欲望《よくぼう》のサイクルなんだよ、貪慾《どんよく》のサイクルなんだよ。それに気がついたのなら、さっさと捨てちまやあいいんだよ」

「しかし――」

「しかしも、くそもないんだったら」

「ウン、そりゃそう――だねえ――うーむ、でも――しかし――うん、うーむ」

ここまで書いた時、女房が仕事から帰ってきた。

私の今坐《すわ》っている部屋——十年月賦《げっぷ》を払い込みつつあるマンションの一室であるが——には、私たちが働いては買った種種《くさぐさ》の品物が所狭しと犇《ひし》めいている。

ノルウェーの皮張りの家具、イギリスの机、スペインの箪笥《たんす》、イタリアのスタンド、等等等等である。

女房はこれらの「汗の結晶」を目で舐《な》めまわすようにしてから、その真ん中に軍服を着て坐っている私にいった。

「ああ、やっぱり家《うち》が一番ね！」

放出品

私の年少の友人、カメラマンの井出情児君を紹介したいと思います。

私　情児の着てるのは、それは放出品？

情児　ええ、アメ横で買ってくるんです

私　帽子がおかしいやね。つばの裏が黄色で……靴も黄色だなあ

情児　これいいでしょう。バスケット・シューズ買ってきて自分で染めたんです

私　情児はそういう放出品にいつごろから凝ってるわけ？

情児　ンーとねえ、高校のころから好きだったんですけどね、でも日本ではやり始めたのは去年の暮れあたりからじゃないですか？

私　そうだね、平凡パンチに特集が出てたのは去年だっけ？

情児　いや、あれは今年でしょう？
私　そうだっけ——ま、いいや……それで？
情児　ウン。でね、ウッドストックなんかの映画でね、カントリー・ジョーなんかが着てたのなんかは、やっぱり印象受けたみたい。反戦歌を唱《うた》いながら軍服着てたでしょう
私　そういう一種のアイロニーみたいなものを全身から発散しようとして情児は放出品着てるわけ？
情児　ンーと、それもあるけど、ぼくはすごく実用的だと思ったんですけどね、すごく丈夫にできているし
私　絶対壊れないよね（笑）
情児　絶対壊れないしね——なんか——汚れないしね——汚れが目だたないっていうのかな——それに、なんか——ぼくは体が小さいんでね、こういうの着るとブカブカになっちゃうんだけど、やっぱり、一種のなんか、カッコヨサっていうのかな——ありますよね？
私　かっこわるいカッコヨサがあるね、たしかに（笑）ええと、スケッチする間に品物を説明してよ

情児　ンーと、そうですね——ア、脚は長めに描いてください（笑）帽子は、これ、なんの帽子かわからないんだけど、裏が黄色で、ンーと、フリーサイズなんですよね、それでバンドがついてて締めて調節するんです

私　ほかにも色はあるの？

情児　ンーとね、赤があったみたい。オレンジがかった赤ですけどね

私　で、いくらだった？

情児　八百円だったのを五百円に値切っちゃった

私　じゃ、次、オーバー

情児　これは将校用かな、よくわからない。五千円っていってたのを三千円に値切ったんです。ねばったらなんでも負けてくれるみたい

私　情児が着るとちゃんと流行の長さになるからおかしいよな（笑）はい、次、その、なんての？　上衣《うわぎ》？　ジャケット？

情児　ンーとねえ、これはね、空軍ってのかな、要するにだからヒコーキノリが着る上衣だっていってましたね——あの、普通のはもっと襟がちっちゃいんですよね、これは襟にジッパーがついてて、襟の中からフードが出るようになってんですよね——ンでね、それがちょっとよかったっていうか——ンでまあ、今着てる人のやつが

ほとんど陸軍のやつだから、でまあ、こっちのほうがいいんじゃないかと思って
私　で、これはいくら？
情児　これは四千円だったのを三千円にしてもらった
私　じゃ、最後にジーパン、これはベル・ボトムっていうの？　要するに裾《すそ》が広がってパンタロンになってるのね？
情児　ええ、これはビッグ・ジョンのパンタロン――千八百円から二千円くらいかな、ジーパンのパンタロンは邪道だっていう人もいますけどね
私　フーン、まあ、ともかくあれだね、情児の着てるものは一応ちゃんと流行のスタイルになっているとこがおかしいよね、一応、パンタロンでありさ、ミディのコートでありさ（笑）生けるポップ・アートという感じがあるね――情児は普通の服も持ってるの？
情児　ええ、一応普通の服も持ってるけど、でも、なんていうか――一着だけだし、それも夏物だし……
私　夏になったらなに着るかね？
情児　そうですね、ンーと、あの、なんてのかな、手榴弾《しゅりゅうだん》なんか入れるポケットがついた袖《そで》なしのチョッキがあるんですけどね、あんなのなんかどうかなあって思って

るんですけどね——よく捜すと弾丸《たま》が当った穴があいてるのがあるんですよね——あんなの着てみようかなあ、なんて思ってるんですけどね、今年の夏は

防禦《ぼうぎょ》

むこうの方から友人がやってくる。

いや、今ではもう友人とはいえないかも知れない。顔を見たとたん煩《わずら》わしさのほうが先に立つ。私は心の中で直ちに防禦の構えをとった。

二人の間にはだれもいない。決闘をするガン・マンのように二人は歩みよってゆく。

多分、彼もまた私に気がついているのだろう。でも、全く私に気づかぬ貌《かお》をして歩いてくる。私も、全く彼に気がつかぬ様子で道端の石ころを蹴《け》ったり、塀ぎわに咲いたコスモスを軽く指で弾《はじ》いてみたりしながらゆっくり歩いてゆく。

二人の距離は次第に近づく。

五〇メートル、四〇メートル、三〇メートル、二〇メートル。

彼はまだ私に気づかぬ芝居を続けている。さも興味深げにまわりを見廻したり、口笛を吹いたりしながら近づいてくる。

十五メートル、十四メートル、十三、十二、十一、十、九、八、七——

さあ、もうよかろう。

彼の顔が「フト」こちらに向く。

私は驚きの表情を顔一杯に走らせていう。

「イヤア！」

彼の顔にも嬉《うれ》しい驚きの表情が走る。

「ヤア！」

「しばらく！」

「しばらくじゃない！」

「どこ行くの？」

「ちょっとそこまで、きみは？」

「ウン、ぼくもね、ちょっと——」

「そう」

「じゃあ」

「じゃあね」

「また」

お互いすれ違って去ってゆく。次に会うのは何年先のことか。

私は「防禦」がうまくいったのですっかり嬉しくなって足を早めた。


しかし――

一体何から何を防禦したのか？

人間同士の間に働く情緒には二種類あってそれが求めあう力と避けあう力であるとしたのは、アメリカの精神医、アーサー・チャップマンである。チャップマンによれば、避けあう力――すなわち、怒り、怖《おそ》れ、拒絶、貪慾《どんよく》、不信、競争心などによって人々は互いに避けあうのだという。そうして、こうした避けあう力は、結婚生活を破壊し、両親と子供の間に溝を作り、恋愛関係を歪《ゆが》め、社会組織や企業組織を分裂させるのだという。

私はいつの間にこの「避けあう力」という悪《あ》しき心理的基盤の上に立つようになったのか？

昔、田舎の高校生だった頃はこんなことはなかった。白っぽい埃道《ほこりみち》の遥《はる》か彼方《かなた》に、手を打ち合せ、足を踏みならして踊り上がっている人物が見える。近づいてみると、それは久し振りに会う友人の懐《なつか》しさの表現であった。

向こうのほうから友人が歩いてくる。私を認めていることは友人の満面に浮かべた微笑《ほほえ》みでそれと知れる。私の方もわけもなくニコニコと笑いながら歩いて行く。そうして二人が出会って立ち止るまでの長い時間を、お互い相手の目を見詰めたまま、そうやってニコニコ笑いながら近づいたものだった。

そうなのだ！ 人を避けていてはいけない。人人は求めあわねばならぬ。かのチャップマンもいっている。求めあう力は人人を互いに結束させ、人人が働き、生活する上でほどよい調和を保たせる、と。そうだ！ 私は防禦の姿勢を捨てよう！

うちへ帰ると女房が不機嫌な顔をして坐《すわ》っていた。私の一挙手一投足を刺すような目で見ている。

しばらくして女房がいった。

「今日シラスサンの展示会行ったわよ」

「ほう……」

シラスサンというのは「こうげい」という着物のお店をやっていらっしゃる白洲《しらす》正子さんである。

「すごいわね、あそこのお客さん。みんなすごい着物着た人ばっかりよ。ジーパンにシャツなんてあたしだけだったわよ」

「ほう」

「若い人もお金持ちのお嬢さんみたいな人ばっかりでさ」

「ほう」

「あなた、ああいう人種が好みなんでしょ、ほんとは」

「え？」

「ああいうお金持ちのお嬢さんタイプが好きなのよ、あなたは、昔から」

なぜか突如旗色が悪くなる。なんの根拠もないのに、なにか疾《やま》しい気持ちに襲われる。いつの間にか私は防禦にまわっている。

「いや、そんなことはない」

「そうよ」

「そんなことないったら」

「ま、いいわよ」

と宥《ゆる》されて、借りが一つできたような心境に追い込まれる。女房はそ知らぬ顔で話題を進める。

「あなたの着物買ったげたわよ」

「へえ」

「白地にネ、すっすっと細いグレイみたいな青いみたいな縦縞《たてじま》がはいってるの。すごく粋《いき》な着物なんですって」

「ふうん」

「わたしがえらんだげたのよ。わたしのお見立てうまいって、お店の人ほめてくれたわよ」

「へえ」

「ウールだけど上等なの、一万五千円くらいするのよ」

「そう」

「あなたちっとも嬉しくなさそうね」

「いや、そんなことはない」

「そうよ。ちっとも嬉しそうな顔しないじゃないの」

「してるよ、いや、ほんとに嬉しいよ」

「駄目よ。ああァ、張り合いないわねえ。ひとが折角買ったげたのに——ほんとにあなたってつまんない人ね」

またしても私は不利な立ち場に追いこまれている。女房が話を次へ進める。

「すごいのよ。三百万円なんていう紬《つむぎ》があるのよ。いいわねえ、こんなのだれが着るんでしょうねなんて話してたら、お店の人がね、今お客さまいないから着てみない？っていうから、いろんな着物着せてもらっちゃった。いいのがあるのよ、あなた――ネエ」

「……」

「ネエったら」

「うん」

「紫みたいな紺みたいな地に萱《かや》ぶきの田舎の家みたいなのがあってネ、すごく綺麗《きれい》なの、紬で。みんなすごくよく似合うっていってくれたわ。なんとかいう人間国宝の人が作ったんですって。でもその割に安いのよね」

「ふうん、いくらだったの？」

「十五万とかいってたわ」

私は、雅《みやび》やかな着物の展覧会場で「なんとかいう人間国宝の人」の作った、これまたおそらく優美そのものの着物をジーパン姿で纏《まと》ってみている女房の姿を思った。

十五万円！

おそらく女房の胸は千千《ちぢ》に乱れたに違いなかろう。

「馬鹿《ばか》だなこいつも、そんなに思いつめるなら一つ無理をして買ってやるか――」

そう考えた時、女房が、鼻のまわりを白ませて、狸《たぬき》のような顔つきでいった。

「それでね、あたしそれ買ったの」


教訓、攻撃ハ最大ノ防禦デアル。

富士山麓《さんろく》

あのね、こないだこういうことがあった。雑誌の仕事でね、富士山へグラビアの写真とりに行ったわけ。ね？

で、富士山へ行くわけだから、東名高速を走ってたわけよ。雑誌社の車で。ホラ、よくあの会社の名前なんか染めぬいた、赤い旗立てて走ってるじゃないの、ジャーナリズム関係の車っていうのは。ね？ ああいうのに乗っかってさ、東名走ってたわけよ。

ぼくが助手席に乗ってさ、ぼくのうしろがカメラマンね。こいつが、まだ二十四くらいで若いんだけど、とてもいい写真とるわけ。それで、そいつの右隣りがモデルでね、この人も二十四くらいかなあ。

で、なんの写真とりに行ったかっていうとね、近ごろ、若い女の子の服装が、だんだん子供っぽくなってきてるでしょう。ミニとかホットパンツとか。ね？　日本中の女の子が小学生か、幼稚園児みたいになっちゃってるわけよね。で、こういう風潮をパロディふうに扱ってみようっていうんで、その幼児化の線をもっと押しすすめて、ホラ、あの金太郎サンってあるでしょ？　要するに、あの菱形《ひしがた》したヨダレカケね、あれをブラジャーの代わりに女の子にさせてみようっていうことを考えたわけよ。

それでまあ、真っ赤な金太郎サンを作ってね、ちゃんと金色の絵具で、丸に金なんてマークみたいなのいれてさ——ウン、ちゃんと本格的なんだから——それを、まあモデルさんに着てもらって、それもわりにグラマーなモデルさんだから、あの菱形から、ちょっとオッパイがはみ出したりなんかして、すごく楽しいんじゃないかなんテンデ、まあ、富士山へ行こうってことになったわけよ、金太郎サンだからね、ありゃ足柄山に住んでたわけだから、やっぱり富士山バックってのが自然でしょ？

で、まあ、われわれ、東名を走ってたわけ。ね？　で、その日は、なんか天気があんまり冴《さ》えなくてサ、全然、富士山が見えないのよね。で、運転手さんが、富士山に詳しい人で、こういう天気でも西側へ回れば、多分大丈夫ですっていうんで、われわれ、沼津を越して富士市まで行って、そこから北上して富士山の西側へ出ようっていうんで、東名をどんどん走ってたわけよ。

そしたらね、道路の前のほうに、軍隊ふうの集団が現われたわけ。ね？　初め、こりゃ自衛隊かな、と思ったんだけどそうじゃないの、アメリカの軍隊なのね。

トラックだのジープだのが、何キロもえんえんとつながって、道路の左側をゆっくりゆっくり走ってんのね。トラックなんかさ、ちょうど、運転台のうしろあたりに、なんか、変な煙突みたいなものがついてたりなんかしてさ、なんか、黒い煙みたいなのを時時「ボッ！」なんて出したりなんかして走ってんのね。なんか、妙にものものしいわけよ。昼間だのに、どの車もヘッドライトなんかつけちゃってさ。あれは、弾薬なんか積んでるからかしらねえ。そんでね、どの車もさ、フロントグラスに絆創膏《ばんそうこう》みたいなもんをね、数字の形に貼《は》ってあるのね、79だとかね――ウン、かなり大きく絆創膏で貼ってあるわけ。

で、そういうアメリカの軍用の車が、左の車線をのろのろ走ってるんで、われわれは、右の車線をすいすい走って、どんどん追い越していったわけだ。ね？　で、追い越しながら、運転してる人の顔を一人一人見てたのよ。ね？

すると、やっぱり軍隊だから、いろんなのいるわけよ。いかにも古参の下士官ふうのもいるし、インテリふうのもいるしさ、てんで楽天的な顔して、ガムかみながら運転してるのもいるし、すごく冷たい顔した将校みたいなのもいるわけよ。

で、うちの運転手さんてのは、妙にいろいろ詳しいらしくてさ、「これはあれですよ、富士の演習場で演習してね、これからこの先の焼津《やいづ》あたりから、船に乗せられて沖縄へ送られるんですよね。そっからまあヴェトナムなり、どっかなり行くんじゃないですか」

なんていってるわけ。

そしたらね、そのうちすごく若い兵隊が、二人乗ってるジープがあってね、あれは多分、二十歳そこそこくらいじゃないかな。アメリカ人ってのは、若くてもすごいオッサンみたいなのがいてさ、なんか、ケツのまわりなんかいやらしく太くてさ、ダラスあたりで平気で黒人なんかリンチにかけたりして、正義の味方みたいな顔してる、もうなんか、アグレッシブというか、なんだか、やりきれないくらい暴力的なのいるじゃないの？　ね？　そういう典型的な醜いアメリカ人じゃないほうのね、なんていうか、植物的なアメリカ人ね――顔なんかさ、なんか、こうすがすがしい感じの若い兵隊が、二人乗ってるジープがいたわけ。ね？

で、そいつらとパッと目が合っちゃったわけよ。ね？　すると、なんか、波長が合ったのね。それに、ぼくはいつものとおり、アメリカの軍隊の放出品着てたわけよね。カメラマンもやっぱり同じ放出品着てるわけ。

つまりあっち二人とこっち二人、同じ恰好《かっこう》してるわけよね。で、あっちはこれから沖縄でしょ？　こっちは、金太郎のモデルつれて富士山じゃないの。ね？

そしたらね、あっちの助手席に乗ってたやつがさ——あっちのジープは左ハンドルだから、ぼくらに近いほうが助手席なわけね——そいつがピースサインを出したわけ。ホラ、以前、よくチャーチルがやってたVサインね。あれは、以前は勝利のしるしだったのが、このごろは平和のサインになっちゃったのね、なぜか。そのピースサインを出したわけ。で、運転してるやつも片手でピースサインを出すんだよね。

で、ぼくはさ、日本でも歩行者天国なんかで、写真とってるとさ、よくピースサイン出す若い子がいるわけよ。ああいうの、どうも形だけやってるふうで、とってもいやだったわけね。でも、こうやって、今から沖縄なりヴェトナムなり行く、若いアメリカ兵にピースサイン出されると、これは迫力あるんだなあ。だってさ、もう二メートルくらいしか離れてないんだもんね、お互いに。若いのにさ、赤いニンジン色の無精ヒゲなんか生やしてるのが、もうありありと見えるわけよ、目なんか真っ青でさ。

エ？　だからぼくらも出したわけよ、ピースサインを……。

で、そうやったまま、こっちの車のほうが早いから、どんどん離れていくわけよね。

で、カメラマンなんかさ、窓開けてね、

「オーイ、お前ら死ぬなァ」

なんてどなってるわけ。

「殺すなよォ」

なんて叫んだりしてるわけなのね、日本語でさ。

　連中も、なんか答えてるらしいんだけど、すぐもうどんどん遠くなって、見えなくなっちゃったなあ。

　まあ、そういうことがあって、急に思い出したんだけど、戦争中ね、まだ十八年ころかなあ、日本が敗《ま》けてるなんて感じが、全然なかったころね、ぼくは小学生でさ、京都に住んでたんだけどね、遠足に行ったわけよね、比叡山《ひえいざん》へ。ね？

　そしたらね、頂上のね、琵琶湖《びわこ》なんか見おろせる平らなところにね、予科練の人が何人かいたわけ、岩の上に腰おろしたりしてね。

　で、当時、予科練の人なんていったら、もう、子供の憧《あこが》れの的じゃないの、ね？　で、ぼくらワッと寄ってってたわけ。ね？　そしたら、その予科練の人が、ぼくたちに聞くわけよ、ね？　坊やたち、大きくなったらなんになりたい？　なんて聞くわけ。

　で、ぼくらはさ、答えたわけよね。ボク予科練！　とかさ、ボク、少年航空兵！　とか答えたわけ。だって、本当にそう思ってたんだもんね、当時の子供としてはさ。

と、いうより、そういうことを胸張って答えれば、大体、大人はほめてくれることになってたんだよね。

ところがその人はさ、妙な笑い方してさ、

「少年航空兵？　ばかなこというもんじゃない。あんなものなるもんじゃないよ」

っていうわけよ。

ぼくらは、腹立てたねえ。すごくそいつらを軽蔑《けいべつ》したわけ。だって、そんなの非国民のいうことだもんね。敗戦思想だもんね。で、もしかするとあれはスパイかもしれん、とかいって、すごいみんなでワイワイやったわけよ。先生にいったほうがいいとかいってね。

で、そのことを急に思い出したわけよ、その時、ね？　でさ、その予科練の人の気持ちが突然パッと判《わか》ったわけ、三十何年経《た》ってさ。そんなこと子供にいってもしようがないの判っててさ、それでも、いわずにいられなかった気持ちね。

ちょっと、これは辛《つら》かったなあ――

で、ア、富士山はね、西側に回ったら運転手さんのいったとおり、すごくきれいに晴れててね、ぼくら無事、金太郎サンをモデルに着せて写真とってね――わりに金太郎が大きくて、オッパイは全然はみ出さなかったけどさ――そのあと、季節遅れの土筆《つくし》摘みしたりお花見したりして帰ってきたわけ。

で、翌日、だったかな、新聞読んでたら、こんな記事がのってたのよ。ちょっと読んでみようか。

ええと「共産側心理攻撃強める」とあってだね「反戦米兵撃たぬ、相当数、すでに解放軍下に」と、これが見出しだね。ンーと、「パリ二十七日諏訪《すわ》特派員」と。「パリ会談の南ベトナム臨時革命政府スポークスマンは二十六日、ベトナム戦争に反対し、帰国を希望する米兵への発砲を停止するとの解放戦線軍命令を公表するとともに、現在相当数の米兵が解放戦線軍の戦列に参加して戦っていることを明らかにした。

……」

シコシコの論理

「ウンウン聞いたことあるある。どういうのかしらねえ、シコシコっていうとねえ、まあ、こう、なに？　大げさではなく、ソボソボっていうんでもなく、エッチラオッチラ、どうやらこうやらって、そんなような感じじゃあない？　コツコツよりもっと骨に浸《し》みちゃったような感じっていうか、コツコツが体質化したっていうか。コツコツっていうのはさア、コツコツやってると、何となく明るい未来が待ってるような感じじゃない？　ネ？　でもシコシコは、その場に固定しちゃって、ただただ外界のものが骨に浸み込んで、そうやって生きてるって、そんな感じ。なんか、噛《か》んでシコシコするって感じあるでしょう、ああいうところからきたんじゃないの？　アワビとかナマコみたいな感じかしらネエ、ショボショボっていうんでもないのよね。うちの亭主？　知らないでしょ、知ってりゃ使うもの、アノ人」（三十三歳、主婦、早稲田《わせだ》大

学卒）

「シコシコですか、ええ、知っております。は？　うーん、マンガじゃないし、何からきたのかな、ちょっと覚えておりません。なんていうか、こう、他と関係なくネ、他人と関係なく、自分だけで、こうマイペースで生きるっていうか、一人だけ楽しんだりネ、そういうんじゃないでしょうか。ま、一種の個人主義だと思っておりますが」

「個人主義といえば昔からあるんだけど、従来の個人主義と、どこがどう違っているんですか」

「隠れてやってる個人主義っていうか、なんか、隠れてるっていう感じがありますね。学生運動ですか？　それは関係ありますよ、かなり。雰囲気としてネ、ムードとして、ですね。ま、ある種の学生用語の一つだと思っていいんじゃないですか、私はそういうふうに考えております、ええ」（二十四歳、会社員、東京大学卒）

「あのー、おばあさんの生き方ネ、よくいうでしょ、病いじょうずの死にべたって、ああいうんじゃないかな、死なずに生きててあげるからねアタシャって感じ。どっこい生きてるってほどパッとしないんだけどね、ジワジワ生きてるって感じ、まあ、やっぱり、イヤ味にネ、この体制の中のイヤ味になって嫌われながら、ぶつぶつぶつぶついいながら、顰《しか》めっ面《つら》して、いまという時をやり過ごしている、そんなもんですね。まあ仇《かたき》を狙《ねら》う赤穂《あこう》浪士ってとこかな、いや、ちょっと違うだろうな、でも似てるような気もするね、なんとなく」

「現代は浪人の生き方が可能な時代ということになりますか？」

「つまりね、食えるでしょ、衣食住のうち、一張羅を着てさ、友だちの家を泊まり歩いてさ、適当に働いてりゃ、食えるだけは食えるでしょ、だから、浪人は可能なんですよ。仕官してサラリーマンになるより、イキオイ悪いようでイキオイのいい生き方が、わりとできるようになってんのよね、現代って時代。だから、シコシコは保証されてるんですよ。生き方として。ワタシ？　いやあダメですねえ、根がスクエアで」

（三十二歳、会社員、日本大学卒）

「ボクが大学へ入った時は、まだなかったです、だいたい68年くらいじゃないですか、シコシコって言葉が出てきたのは。安田講堂以降っていうか、ゲバルトみたいなのが下火になってから、という感じです。パッとできないけれども、シコシコとっていうふうに使われたんじゃないかな」
「60年安保の時の挫折《ざせつ》という言葉との関係はどうでしょう」
「挫折という言葉を拒否したところから出てきたんじゃないですか、シコシコは。だから、60年代の挫折派に対する、アンチテーゼじゃあないけれども、そういう生き方だけじゃないっていう、一種のシブトイ生き方ですね。60年代の挫折派ってのは、パッと大企業へ入っちゃったり、極端に社会から離脱しちゃったり、なんかはっきりしていたでしょう。そこんところを、はっきりさせないで、しかし何かを持ちつづけて、火種を絶やさないという、そんな感じの生き方ですね。でも、最近はあんまりいわなくなったんじゃないかな、理由はわかんないけど」（二十二歳、会社員、東京大学卒）
「全共闘の残党が使うんでしょ。まあ、目立たず、地味に、ほそぼそとやっていこうっていう、いろんな意味が入ってんのよ。理想は失わないけれども、ちょっと白けて、ちょっとスネて、それでも細細と捨てずにやってきましょうって感じでしょ。ウーンとネエ、やっぱり70年に向かっての言葉だったよネ、学生たちとか、女子共闘のヒトなんてよく使うわよ。いちおう、まあ、運動はダメだったけれども、ゲリラ的に、残ったものだけでシコシコやっていこうっていうことネ。ジャーナリズムもソッポ向いちゃったでしょ、でもシコシコやっていこうっていう決意っていうのかしら。スネてるんだけど、挑戦的な意味もあるんじゃない?」

「就職した社会人にも当てはまる言葉なんだろうか?」

「ウーン、当てはまるっていえば当てはまるけど、やっぱり、浪人の言葉じゃないかしら。闘争はしたけど辞めなかったヒトが多いでしょ、学生でも教授でも、そういうヒトたちは使わないわネ。そういうとき、いさぎよく辞めちゃったヒトがいちばん使うんじゃない、辞めたってどうしようもないってことが解《わか》っていながら、辞めちゃうヒトね、そういうヒトがよく使うわネ」

「あなたは、そのシコシコっていう生き方をどう思う?」

「解るような気がするワ。こういう時代が長くつづくからね、その覚悟でいるヒトの、こういう生き方の中から何かが出てくると思うワ、残党がゲリラ的に生きる手だてとしては、かなりたくましいんじゃないかしら、でも、イヤな使い方だなって感じる使い方も多いわネ、たとえば『平凡パンチ』なんかに出てくる使い方、ただの風俗的な意味での言葉にしちゃってネ、コツコツとかああいう言葉と同じにしちゃってるのヨ。でも、そういうまぎらわしさっていうのは、本物のシコシコにとっては、けっこうな隠れミノになるかもしれないでしょ、そういう点では結果的にはカムフラージュの役割りをもっちゃってるのよネ、偽《にせ》のシコシコも」

「そうすると、本物のシコシコの資格っていうのは何だろう？」

「やっぱり、その精神的バックボーンを安田砦《とりで》においてるってことネ、実際に砦に籠《こも》ったっていうんじゃなくても、高校生でもサ、とにかくあの闘争に心をおいた感性よ。やっぱり、ある種のたくましさでしょうね、シコシコって」

「そのへんを、もう少し詳しく聞きたいんだけど」

「つまりサ、たとえばネ、三島さんがハラ斬《き》ったっていってサ、オナカ切ったっていってネ、全共闘のくせにネ、急にショック受けたりネ、追悼会やろうなんて取り乱すヒトいるでしょ、そういうことないワケよ、シコシコは、もっとさめてるのよネ、だからサ、右翼と左翼はどっかで一致しているっていうような、変な感傷的な落とし穴にも落ちないのよ。闘争のあとには挫折がくるってことを最初から知っていて、でもやっちゃってネ、挫折や荒廃みたいなものが訪れても、ぜんぜん驚かないでシコシコやってるってことネ。挫折があることも知らずに、変なふうな心の高ぶりから、ある期待と興奮があってネ、急に挫折しちゃって、そのあと、さすらいなんていってるヒトも多いでしょ、ああいうのはあんまり簡単すぎてネ、当てにならないわよ」

「あなたの知り合いの本物シコシコの人たちは、たとえばどんな音楽聴いてる？」

「それがねエ、モーツァルトが多いのよ、その反対のヒト、つまり、三島事件にショック受けたりするヒトネ、このヒトたちは、ワーグナーなのよ、ワーグナーに走るって感じネ。まあ、前から好きだったヒトもいるし、大ざっぱにはいえないけれど、だいたい、そんなふうよ。アントニオーニは嫌悪《けんお》されて、ゴダールやパゾリーニの人気があるとかね。でも、シコシコって、本当は、すごく限られた少数のヒトの言葉なのよネ、本当はっていうか、本物のシコシコはネ」（三十四歳、会社員、早稲田大学卒）

「だいたいどういう意味かっていいますとねえ、まあ、一生懸命ということですね」

「はあ」

「ただね、それが否定的な意味でありましてね、ソノー、カッコワルク一生懸命といいましょうかねエ、ウジウジ一生懸命といいますか、ウジウジってのは、あんまり能動的なひびきはないでしょ、ところが、能動的にコセコセしたことを一生懸命やると、いうような意味ですね。で、アノー、語源ではないんですけれどもネ、昔使われていた意味はですネ、色事の時に使いましたよネ」

「色事？」

「そう、色事。つまり、アレをですね、アレをやっている時の状態を、この、シコシコと、ま、いったんですネ。シコシコやるといったら、アレをやるという意味だったですよ。ええ、わりとそうだったですよ」

「70年代とシコシコの関係は、どうなってるんでしょう」

「左翼が使いだしたのは、70年代とからめてですネ、その前は、もっと悪い意味で使われていましたよ、遊び人が使っていたという感じですネ、コセコセ、いやらしくやるっていう意味でしたね。たとえばネ、麻雀《マージャン》なら麻雀で、安あがりでドンドンドンドンやるのを、シコシコやるっていいますね。シコシコあがるっていったらマンガンあがることじゃなくて、安い、つまり否定的な意味が含まれていたんです、それまでは。ところが、70年前後で、新左翼が、『じゃあコセコセいこうぜ』とか、『女と呼ばれようよ』とか、そういうのと似た感じで使ったワケですね。だから、いまはわりと肯定的ですね、シコシコってのは」

「肯定的というと？」

「つまり、カッコ良さを否定したいっていう意味で使われてるワケです。カッコ良くやるなんていうことはカッコ悪いというですネ、カッコ悪いというふうに使われてた言葉を逆転して、いい意味に使ったんですね。カッコつけるのをよそおうっていう、つまり、フォークなんかと同じですね、関西フォークなんかと」

「あなたはシコシコを支持しますか？」

「ボクは、そういうふうにいってみても、別に判断が逆転するとは思わないから、ボク自身はあんまりシコシコじゃないですね。やっぱり、カッコ悪さを宣言するのも、逆転したカッコ良さでしょ、どうもそのへんがね」

「サラリーマンになっちゃうとシコシコは関係なくなっちゃうという意見もありますが」

「いやあ、そんなことはないですよ。つまり、闘争をしている時に、自虐《じぎゃく》的にですネ、『オレ、サラリーマンになってシコシコマイホームでいくもんネ』なんていうのは、ある種のカッコ良さなんですよ。むずかしいことといってアレしてるより、つまり闘争してるより、『シコシコ、カアチャンかわいがるもんネ』とか、そういう感覚です」

「何かココロザシを失っていないというような感じがありますね」

「そう、何かに対する準備っていうか、仮の姿というかネ、でも、それを仮の姿っていったらもうカッコいいでしょう。たとえば、昔の武士が、『オレ、あのコ愛してるもんネ、だから武士やめる』っていったらシコシコですよね、でも、『愛は何物にもまさる！』なんていったら、それはもう、シコシコじゃないワケですよ。だから、わりと、ずるいカッコ良さだと思いますね。だからね、シコシコは学生運動をバリバリやった連中の独特の生き方であって、『一般の人』には関係がないということになっちゃえば、なんか、ものすごくエリート的な、狭いことばになっちゃうでしょ。まあ、そりゃ、それでもいいんだけど、そうすると、『他の人間』は、発言権がないみたいになっちゃいますよね、だから、生き方の問題として『一般化』できるかどうかってことなんだけど……」

「あなたとの関係で、シコシコは生き方の問題としてはどうですか？」

「論理としてね、ことばとして、もうひとひねりほしいね。『いまの管理社会では、カッコ良くやれば体制のオテツダイ、だから、カッコ悪くやる』。ところが、カッコ悪くを宣言するとカッコ良くなっちゃう。もうあと二回半くらい意味の逆転がほしいんだなア、やっぱり」（三十歳、会社員、東京大学卒）

長髪の論理

オジサン　ええと、きみたちがなぜ髪を長くしているかという理由をきかせてほしいな

少年一　ンー、理由といってもそう社会学的なことは判《わか》らないけど、でも、長髪というのはオジサンティフィケイションを脱《のが》れる手だてとしてですねえ……

オジサン　オジサンティフィケイション？

少年二　ウン。世の中にオジサンって呼ばれている連中っているでしょう。いわば駄目な人なのデスヨ……つまり「少年」がね、まあ、歳《とし》をとるとともにだんだんオジサン化していく現象をね、これを「オジサンティフィケイション」と名付けたわけですよワレワレ（笑）

少年一　このね、オジサンティフィケイションだけどね（笑）初めのころは長髪か

ら脱れる手だてだったのね……つまり「ヤツラ」に一発カマスための道具だったワケ……たとえばボクの場合、うちの親爺《おやじ》が馬鹿《ばか》なやつでね、二万出すからアタマ切れっていうの……最初は二千円だったけど、最後は二万から三万くらいになったの……それでも切らないっていっちゃって……まあ、そんなことがあったくらいで……オジサンたちは最初っから長髪を嫌ったわけなのデスヨ

オジサン　フーン、で、今は……

少年一　ウン、ボクはその頃の予想ではね、まあこれも、今に日本中というか世界中長髪になってしまって反抗の意味などなくなってしまうのではないかと思ったワケ。ところが豈《あに》はからんや……日本で一九六四年くらいから長髪が流行《はや》って、えーと今年は一九七一年だからこれで七年くらいの歴史があるわけね。七年くらいたちゃあ、他のもの、たとえばミニスカートとかああいうものは「ホントに普通」になっちゃったでしょう？　でも長髪だけはいまだに「ホントに普通」ではないわけよ。

日本人の九九パーセントは長髪じゃないんだからね……いまだにどっか会社に入ろうと思うとね、ヤッパ、アタマを切れって会社が多いそうですよね？　アタマのばしてもいいって会社は、しょせん「雑誌社」とかそういった自由業マガイの会社なわけね……だからいまだにオジサンティフィケイションから脱れる手だてとして長髪は役

に立つということね、これは素晴らしいですね、それだけ息が長いわけですよ
　少年二　だからなんてのかなア、人類の闘争の歴史というのを考えると（笑）階級闘争とか、カラード対白人とか、いろいろあったわけだけど、今度はそのオジサンテイフィケイションの進んだ人と、ある種オジサンでない人たちとの闘いってのがいずれ出てくるのではないかという気がするノダナア……これは「そういう気がする」というところに留まっているけれどもね……
　少年一　ＭＬとか、ああいうヘルメットと長髪とどう違うかというとね……ヘルメットってのはいわば攻撃の闘いでしょ？　だけど長髪とそれからヒッピー・バッジね、ああいったものは……
　少年二　ガンジーなんだな、きっと……
　少年一　ウン、ヘルメットもそういう意味あいもないことはないけれども……でも長髪ってのは、いるだけで闘いであるようなゲリラ性があるでしょ？　結局ヘルメットかぶって「ワーッ」と……ア！
　少年二　なによオマエ、ヨダレたらしちゃって（笑）……ヤダネエ……長髪族ってのはヨダレをたらすという欠陥をもってるネ、コレハ
　少女　（笑）

少年一　エート、なんだっけ？（笑）……アーンと……エート……ンー……
少年二　支離滅裂になるというような欠陥もある（笑）
少年一　シリメツメツ……
少女　（笑）
少年二　だけど非常にあれだね、こういうことといってもしようがないっていう気もするね
少年一　ンー、でもね……でもオカシイネ、女の子ってのはわりと変わるでしょ、スカートの短いのがあって、流行《はや》んなかったけど長いスカートがあって、ホットパンツがあって……そのあいだ男の子はアタマが長いだけね
少女　カアイソウミタイネ（笑）
少年一　でも女にはできないっていうアレがあるね、特権意識みたいなもの……
少年二　それはあるネ！
少年一　女が長髪だって当り前だもんね……これもザマアミロの一種だね
少女　そうよね……
少年二　結局ネ、髪を長くすることってのはサ、一種の自己主張だけどサ、ことさら異様じゃなくできちゃうのがいいんだよね……たとえば爪《つめ》をすごいイキオイで伸ば

して一メートルにしたらってのはね、こりゃ実生活に差し支えがあるわけよ……アタマの毛を長くするっていうのが、非常にウマクいってるっていうか……つまり簡単にできるし、なんていうか……

オジサン　ウン、わかるよ、つまり白然に放ったらかしといて、それが自己主張になる……

少年二　ええ、だからつまりワレワレ……ええとロック・エイジというか、いわゆるロックンロール共同体みたいなものの間には、いろんな暗黙の了解ってのがあるわけだけど、その中でですね、暗黙の了解の中で、はっきり「見える」形で出てきちゃったものが長髪だということでしょうねえ、結論的にもってってっちゃえば……でも、マ、こんなのを結論としてもってってっちゃえば面白くないでしょうね……

オジサン　そりゃァまあ……ウン（笑）……ええと長髪ってのはアメリカなのかね、その感性の上での故郷みたいなものは

少年一　ンー、だからね、ポップというものはニューヨークのものなの。アメリカのものなのね、ロックも……まあ、ビートルズってのがイギリスだから問題あるけど……

少女　アングロサクソンなのよ

少年一　ウン、アングロサクソンなのよね、要するにね。で、すると、日本人ってのはアングロサクソンで「ない」のね、なぜか

少女　ないわね、なぜか（笑）

少年一　だから日本人の場合、日本のポップっていうものでしょ。だけどポップであるからには、アメリカの受け売り、ではないにしても「アメリカから輸入した」ナニモノカ、なのね

少年二　でもさ、長髪に関していえば、あれはやっぱりイギリスで起ったことでしょう

少年一　いやそれはね、ビートルズが最初に長いと思ったら大間違いでねえ、ニューヨークには昔からアタマの長い人たちがいたんですよ、むしろビートルズがそれを真似《まね》したんであってね……音楽家としてはビートルズの味方したいかもしれないけどね（笑）……でも視覚的人間としてはねえ、ビートルズなんてアメリカの物マネなのよ

少年二　ウーン……ウン、それに違いない。いやあ、いえてるなあ、困ったなあ……

少年一　アハ、勝った勝った

少女　(笑)

少年一　ところでオジサンティフィケイションだけどさ……葱《ねぎ》の白味から青味にいたるサァ、途中の薄いグリーンのとこね、黄緑のとこね、あれがワレワレだねきっと。それでサァ、緑の方をオジサンティフィケイション、白の方を少年とするとサァ……

少年二　いや、むしろ青の方を少年としたほうがイメージとしちゃいいんじゃないかね

少女　イメージとしてはいいけど、でもはえてくる順序がさあ……

少年一　そう、ものには順序がある(笑)

少年二　ンー、順序ねェ……(笑)……どうもおまえはちょっと絵柄の発言が多すぎるという気がするなァ……絵柄人間がボクのまわりには多くて困っているノデスヨ

少年一　今、ゴキブリの子供が発生してるのだそうなんですね、巷《ちまた》には

少年二　唐突!(笑)……でも、このゴキブリに関しては長い話がありましてね、銀座系のゴキブリと六本木系のゴキブリがいるんだよね。それでこの、銀座系のゴキブリってのが、あのね、大きいんですよ。これがビル街などに出るノデスヨ。で、ネズミに関しても今ねえ、普通の家にいないでしょう

少年一　いや、日本全体、というか、まあ東京ね、ネズミが減ってゴキブリが増え

た、これはなにかあるにちがいない、というところから始まったんですよ、話は

少年二　延延七時間ぐらいそれでね、やりましてね、この話を（笑）……結局、結論が出なかった、あれはつまんなかったね

少年一　いや、結論は戦争だったのよ……要するにひとつキャンペーンを申し上げるならばね、七一年代はですね、「ネズミ」のスタイルね、要するにあの毛のはえた、いわゆる今まで既成にあった生物というか「小動物」ね、このスタイルではもう東京は生きてゆけないノデスヨ（笑）

少女　今のネズミはもう猫みたいに肥《ふと》ってんのね、もうドタドタとね（笑）

少年一　ウン、ドタドタ肥るとかね、でも、もうそれでも生きてゆけなくなったのね……そのとき彼らはどう考えたのか（笑）……ゴキブリになったノデスヨ

少女　（笑）

少年一　あの「大きさ」ネ、あの「ツヤ」、あの「固さ」……あの、潰《つぶ》すとペリッという、あの「固さ」ネ……

少年二　あれは絶対ネズミとアリとが交配してできたに違いないと思うワケデスヨ

少女　（笑）

少年二　ネズミはねえ、夜中にねえ、アリとヤッテいるノダナア……（笑）あれは

よくない、あれは
少女　(笑)
少年一　人間って今までずっと人間のままでしょ？　そろそろゴキブリ的アレゴリズムを備えた生物にならねばならないね……ウン……アレェ？……長髪ってそうじゃないかしら
少女　(笑)
少年一　「長髪は、今の東京を生きてゆくためのゴキブリ的態度ではないか？」
少女　(笑)
少年二　あのねえ、われわれの世代はねえ、たとえばそのロングヘアみたいなカタチヅケもできるけどねえ、あの「冗談エイジ」みたいなところもあるのね、ちょっと。あの、なにしろ冗談なら人の生き死になんて関係ないってとこ、わりと本能的にあるみたいですね。だからブラック・ヒューマーが通じちゃうんですよね……で、あの、ワレワレには「奇妙な言語表現」みたいなものが与えられてるような気がするわけナノデスヨ……まあ……ウン、その辺と長髪ですかねえ……
少年一　オレにとって長髪とはねえ、昔からアタマの横はどうでもよかったの、今でもね。ボクにとってなにが大事かというとですね、ええと、オタクから向かってコッチだから、ボクから……ボクから向かってもコッチだ、ハハハ（笑）……ええと、この右側の頭髪がですねえ、右眼のあたりにパラッとこなければいけないの。それで、なんでこれに関する美学を発見したかというとですね、昔、うちのそばにGHQというのがあってですね、まあ、洋パンと外人の結婚したのがいっぱいいたわけです……で、そのハーフや、あとは外人のみの子供がね、みんなアタマが長いのね。金髪でね……春風にもそよぐほどの細い髪がね、垂れててね、時時手でパッとやったりしてね、そのセクシーさにあこがれてね。ボクもいっしょうけんめいのばしたワケ……やっぱりねえ、長髪の美学っていうのはそのへんにあるのね、ボクの場合……

オジサン　ホモの問題とは関係ないかしら？

少年一　あるある

少年二　オジサンのオカマはなんていうのかな……オジマ（笑）

少年一　ちがうよ、オジセクシュアルだよ（笑）

少女　バカネ（笑）

少年一　ともかくホモは関係あるね。だってロックなんて男のもんだもんね

少年二　あれでしょ、昨日ロック喫茶四軒行ったけど本当に男同士が多いでしょ。なんていうのかな、オカマとかなんとかいうのはこれは極端かも知れないけど、精神

的なホモセクシュアルってのはかなり多いね……ヤクザでもそうでしょ、男同士のなんとかって、あれみんなホモだよね……それでね……ホラ、あの「この世にはホモかアカしかいない」っての、あれ、アタリね
少女　かなりアタリね
少年一　ホモに根ざした長髪をアカが取り上げて反抗の意味に使ったというのは……
少年二　まあ、アカホモってのもいるからね
少年一　うん、いまアカホモが多いね
少年二　アカホモの世の中ってくらいだね
少年一　アカホモ総ナメって人もいるしね
少女　ヤダネエ
少年二　いるんですよ……このごろアカがホモに返り咲くという……多いねえ
少女　だから人間を極限まで追いつめるとアカとホモになってね、で、なんにも属さないのはあれは機械だっていう……
少年二　働き蜂《ばち》とか……
少年一　マシーンね……

少女　ウン、あれは単に機械だっていうのね、カアイソウヨネ……つまり、「機械」というのはオジサンなのよね……妙にアワレなのよ……

少年二　たしかにそれはワリといえるよホントに。あのねえ、要するにオジサンとねえ、アカとホモといるわけよ

少女　そうね！　ソウ、ソウ！

少年一　アカとホモ以外はオジサンだよね

少年二　でも、今のところアカってのはショボイね、わりと……旗色悪いんだな、アカ勝てシロ勝てっていうのは

少年一　アカ勝て、ホモ勝て（笑）ってくらいのもんでね（笑）

少女　ナニイッテンノヨ（笑）っていうウワサもあるくらいでね

少年二　結局、だから、アカとホモ以外はオジサンでさ、まあ、この人たちは髪が短いわけですが……これはね、もう生まれつきオジサンなわけですよ。オジサン原人といいましてね（笑）……オジサントロプスというのがいるノデスヨ（笑）……あのね、オジラシヤ大陸に生まれたらしいという噂《うわさ》もあるんだけど（笑）

少女　オジヤを食べて育ったとか（笑）

少年二　そういうわけで、シッカリとオジサンな人がいるわけですよ……で、善人

なんてのが、わりとオジサンの中にいるんだよね、わりとね……で、このごろわりと……あの「真善美」というのがあるでしょう……で、「善」っていうやつかなあ、わりと流行《はや》んないのがあるのよ（笑）……ネ？　美や真は流行ってるけど「善」ってのは流行ってないでしょう……ネ？……ところがオジサンの、最大のなんていうか……「リビドー」みたいなものね（笑）……オジサンのリビドーというのは善悪なノデスヨ……そこでね……やつら善が流行らないんで困ってるノダナア（笑）……オカシイネ……いやあ、オカシイ

歯

初めて山登りをした時のことで、覚えていることが一つある。リュックサックを肩からおろした時の感覚である。

二十キロくらいのリュックサックを背負って、二時間くらい歩く。さあ、休憩！というので、リュックサックごと、山路のかたわらに、どさりと尻餅《しりもち》をつくように腰をおろして、おもむろに肩からリュックサックを脱ぐ。この時の感覚である。

初め私はなにが起こったのか、まったく理解できなかった。

「あっ！　体が空へ飛んでしまう！」

体が、まるで風船のように軽くなって、上へ上へあがろうとしているのである。

とっさに私は両手でそのへんの草をしっかり握りしめていた。

もっと精密にいうなら、痺《しび》れがきれて、感覚が戻ってくる時のチリチリした感じ、あのチリチリが全部下から上へ、下から上へ、まるでラムネの栓を抜いた時に立ちのぼる泡のようにチリチリと立ちのぼって、私の体を空中へ吹き飛ばそうとするのである。

二十キロの荷物も、二時間も背負っていると、体に同化してしまう、というか、つまり、体の中の平衡感覚が、いつの間にか二十キロの肩の重みを計算にいれて、バランスをとるようになってしまうのであろう。だから、不意にその重みを取り除いてしまうと、重さの感覚のバランスが縦に崩れて、それが体をチリチリと浮きあがるように感じさせたらしい。

チリチリは、一分くらい続いてやっと止まった。

私はほっと溜息《ためいき》をついて、握っていた草を放した。

七年間の結婚生活から独身に戻った時、私は、なんとはなしにこのチリチリを思い出さずにはいられなかった――といっても、私は別れた妻のことを非難しているのでもなんでもない。それは、私たちの結婚は、理想的な結婚ではなかったかも知れぬが、でも、そんなこととは関係なく、どんなに理想的であろうが、結婚ということ自体が、巨大なストレスの塊りなのである。

肩の荷をおろした時の身の軽さから、初めて今まで肩にしていた荷の重さを思いやっているのだ、私は。

そうして、ついでにいうなら、私は、そんなことを知りたくなかった。今まで肩にしていた荷物がいかに重かったかなんて、そんなこと金輪際知りたくなかったなあ。

知ってしまった今、もう一度、あの重荷をひっかつぐには余程の勇気がいるだろう。いや、もはや再びそれだけの勇気を奮い起こすことはできぬのではあるまいか。そこのところがどうにも不安でならぬのだが――

チョットマテ、なにを不安がってる？　もう一度あの重荷をかつぐのが不安ということはお前――もしかして、お前、もう一度かつぎたいんじゃないのか。え？　どうなんだ。かつぎたいんだろう。

かつぎたいのです、正直いって。実に実にかつぎたいと思う。

だから、素敵に可愛《かわい》い女の子と知りあうと、ふと、もしや――という期待に眼を輝かせてしまう。

ひょっとしたら、彼女とならー―

つい先だっても、私は、新しい素敵な美少女と話をしていた。

「一人で暮らしてて不自由でしょ?」

「そうねえ、ま、多少は不自由だけど——」

「どうして結婚しないの?」

「はっは、不自由から結婚するくらい愚かなことはない」

「アラ、どうして?」

「だって、独身生活の不自由なんて、食事と掃除と洗濯くらいなもんだろう? その程度のことなら、なんとでも解決がつくし、つかなくったって我慢できないってほどのものじゃない。こんなささやかな不自由を解決するために、もっとどうにもならん、がんじがらめの不自由に飛びこむってのは、どう考えたって馬鹿馬鹿《ばかばか》しいじゃないの」

「アラ、結婚って、そんなにがんじがらめに不自由なの?」

「そりゃそうさ。やっぱり他人同士の人間が一緒に暮らすんだからね、どうしたって気を使うだろ」

「気なんか使わなきゃいいのよ」

「いや、そうはいってても使うんだよ。たとえば、これからぼくたち、めしを食いに外へ出るわけだけど、二人で車に乗ってて、たとえば歩道を綺麗《きれい》な女の人が歩いてるとするじゃない、よくあることだよ。そういう時にさ、一人なら遠慮なく振り返って見るところだけど、やっぱり二人の時はそうはいかない。そんなことしたら、きみが気を悪くするといけないと思うから、我慢してなるべくキョロキョロしないようにする――」

「アラ、男の人ってそんなこと考えるの？　あたしぜんぜん知らなかったわ」

「そりゃ考えるさ、すごく気を使うんだよ」

「ほんとう――でも、あたしの時ならいいのよ、いくら見てもいいわ、そんなことで気を使わせたくないもん」

「それから、たとえば奥さんの留守中、女のお客がくる。すると口紅のついた吸殻が灰皿に残るだろ？　ぜんぜん疚《やま》しいことがなくても、変に疑われるのがいやだから、奥さんが帰る前に灰皿を掃除しちゃったり――」

「いやあねえ、男の人ってかわいそうだわ。でもね、あたし、自分の好きな人が女にもてないなんていうの絶対いやよ」

「女から電話がかかってくるだろ、そばで奥さんが聞き耳をたててる――どんなにぶっきらぼうに返事してても、女と話してるってのはわかるらしいんだな――なるべく話の内容をさとられないように、ア、ソウ、とか、エ？　イヤ——ソウジャナイ——ウン？　キミハ？　——ボクハイイ——イヤ——ベツニ、ナンニモ——ウン、マアマアネ——なんて。おい、きみは笑ってるけど——」

「だっておかしいもん。それは気の使いすぎよ。ほんとに結婚してる人って朝から晩までそんなに気を使ってるのかしら」

「ともかく大変なんだよ。そもそもただ出掛けるにしても、黙ってふらっと出るわけにはいかんだろう」

「アラ、どうして？」

「だって、あなた、どこ行くの、ってことになるし、奥さんとしてはまた訊《き》くのが当然なんだよね」

「そうねえ、大変なことねえ、結婚って。でも、男の人に気を使わせないほうが永続きするんでしょ？」

「そりゃそうだろうね」

「だったら、あたしは我慢するわ、男の人になんとか気を使わせないようにするわ」

「きみは珍しいひとだね」

「そう？」

「そう思う」

「ありがとう」

「さて、出かけるかな、そろそろ。ちょっと待ってね、歯を磨いてくるから。はっは、結婚してたら、出かける前に歯を磨いたりしたらたちまち疑われるところだ」

「そりゃそうね。歯を磨いたりしたら――」


十分後、われわれは車に乗って六本木へ向かいつつあった。私は、道端に美人がいれば屈託なく振り返ったりなどして、しごく気持ちも伸びやかに愉《たの》しかった。

ひょっとすると彼女となら――

車が六本木にさしかかった時、それまで黙っていた彼女が、しごくさりげない口調で訊《たず》ねるのを私は聞いた。

「ね、あなたって、出かける時には、いつも歯を磨くの？」

済んでしまった！

躰《からだ》の中のどういう部分がどういうふうに機能して「恋」などということが起こりうるのか詳《つまび》らかにしないが、なんとか恋をする工夫はないものか。

昔、「しのび泣き」という仏蘭西《フランス》映画があって、この映画から私が学んだところによれば、生涯のうち、人間は三回恋をすることができるのだという。うろ憶《おぼ》えで申し上げるのだからあまり自信はないが、それはたとえば、十代の恋、二十代の恋、三十代の恋、というふうに実現する、というのだ。初初《ういうい》しい春の恋、烈《はげ》しい夏の恋、そうして、静かな、かつ味わい深い秋の恋――そういう工合にして、人間は生涯三回だけ恋をすることができるのだという。

この恋愛三回説には案外賛成する人が多い。

「三回？　うん、ああそういうものだろうね。そういうものかもしれないねえ。初恋だろ。それから夏の恋ってのはどれかな？　あれかな？　かりにあれだったとして、秋の恋ってのは――オヤ、おれまだやってないや。おれまだチャンスあるぞ」

「あたしも絶対三回だと思う。そんなに何回も恋ができるわけないもん。初恋でしょ。それから、二十代の恋ってのは、あの人かな？　絶対あの人よね。と、するとあと一回あるわけだ。あら、私、がんばんなくちゃ」

ということになる。

なんのことはない。生涯の恋愛の中からベスト・トゥーを選んで、あとは全部失格させてしまえば、だれだって、よし、まだ一つ残ってるぞ、ということになる。これがこの三回説のなかなかいいところである。


たしかに、そう何度も何度も際限なく恋ができるとは思えない。惚《ほ》れっぽい男、というのもなかにはいるにはいるが、これはその都度本当に恋しているのではあるまい。単に見境いがないのである。競馬に行って、全レース馬券を買わなければ気が済まない人がいるが、あれと同じことだ。そう何度も簡単に恋ができるわけがない。

恋なんていうものは、そもそも回を重ねるに従って難しくなっていくようにできているのである。私の場合でいうなら、恋のできない一番大きな原因は、あらかじめ先が読めてしまうことにあるように思う。これは実にどうも不便なことだよ。

「あ、おれはこのひとのこういうところがすぐいやになるな。そうして、このひとは、おれのこういうところが絶対我慢できないたちだな。このひととは、よくいって二箇月」

これでは恋愛にもなににもならない。たしかに、そう何回も恋ができるわけがないのである。

再び競馬にたとえるなら、一レースで当てた人が二レースで当てることは難しく、一レース二レースを当てた人が続いて三レースを当てることは、最早《もはや》想像を絶するほどに難しいのである。

そういうわけで、私は恋愛三回説というものをなかば信じざるを得ない。なかば、というのは――私は断腸の思いで告白するのであるが、私は、実はもう三回恋をしてしまったのである。これは、困った！　どれか一つを「あれは、もひとつ本当じゃなかったな」などといって数に数えなければ前途はすこぶる輝かしいものになるに違いないのだが、いかんせん、これはどうにもならんね、私はすでに三回恋をしてしまったのである。実に実に困った。

「女は恋を恋するに始まりて男を恋するに終り、男は女を恋するに始まりて恋を恋するに終る」

こういう箴言《しんげん》にハタと膝《ひざ》を打ったのは十五歳の春であったが、予感は不幸にも適中してしまった。私は、今、心の底から「恋がしたい！」と思う。

いいなあ、恋というものは。

恋におちたとたん、空も、海も、雲も、風も、突然、みずみずしい生命を宿したものとして眼に映じ始める。

樹樹《きぎ》の葉が、陽を浴びてきらきら燦《きらめ》いても、大粒の雨が、銀色に光る空から横なぐりに降っても、恋するものは、それぞれに美しいと思い、自分の心の反映をそこに見て感動する。

夜の道を行き交う車のヘッド・ライトや、街の灯すら、なんとはなしにうるんで見えたりなんかしやがって、おれはもう知らんぞ。おれはもう三回済んじゃったから、断然ふてくされるぞ。勝手に街の灯かなんかうるめ、お前たち！

それにしても少し気になってきたな。女たちは、私とのことを、三回のうちの一回に数えているのだろうか？　果たして。

腕の問題

中学生の時、仕立屋に頼んでズボンを作ってもらったことがある。自分の着るものを注文で作ったというのは、その時が初めてだったろう。私は少からず得意であった。家中のものに見せて歩いた。

その容子が小賢《こざか》しく思えたものかどうかは知らぬが、来あわせた客が、そのズボンは駄目だという。どこが駄目かというにベルトの位置が低すぎる、というのである。

「いいかね。まっすぐに立って、腕を自然に垂れるだろう。その時の肘《ひじ》のあたりの高さ。紳士はこの位置にベルトを締めなければいけない」

その証拠に、といいながら、彼はアメリカの雑誌をパラパラとめくって、何枚かの写真を示すのであった。

なるほど、アメリカ人たちは肘の位置にベルトを締めている。しかし、それはたまたま彼らのウエストがその位置にあるからに他ならぬのであって、胴の長い日本人に同じ真似《まね》をしろといったって、それではズボンがずり下がってしまうだろう。

それとも、彼は、自分の腰の線が、アメリカ人並みに肘の高さにあることを、暗に誇示しようとしたのだろうか。いずれにもせよ、これは私にとって理不尽ないいがかりというほかなかった。

肘と腰の問題に私が再びぶつかったのは高校生になって、田舎の町に暮らしていた時である。

その町にミッション系の学校があって、そこに、町の人が「ホイテー先生」と呼ぶ外国人の先生がいらっしゃった。本名がホィッティとかホワイティとかいうのだろうか。ともかく、そのホイテー先生のところへ遊びに行こうと誰かに誘われたのである。

ホイテー先生の客間の雰囲気は、日本人が外国人に接する際の典型的な一つのパターンをなしていたように思う。

黒い詰襟の制服を着た学生たちが数人、ホイテー先生を取り巻いて、先生のお話を謹聴しているのであったが、あるものはひどく畏《かしこ》まっており、またあるものは、逆に、いかにも場なれた風を装《よそお》って、妙に快活にはしゃいでおり、要するに全体に上ずった気分で、ホイテー先生が英語でなにかおっしゃると、一同お互いに日本語で感想を述べあったり、笑顔を見合わせて頷《うなず》きあったり、あるいは「オウ」などといったり、「オウ、イエス」といったりするような、要するに（アア、ジレッタイ！）そんなふうな気分だったわけなのだが、私が着席した時、一体どういう筋道でそんな話になったものか、ホイテー先生は昼寝する際の正しい姿勢について話をしておられたらしく、リラックス、という言葉が何度も先生の口から発せられ、やがて先生は傍らの寝椅子《ねいす》に身を横たえて、これが一番リラックスできる姿勢だとおっしゃった。

「つまり、下になるほうの腕を肘から曲げるのです。ランニングの時、皆さんがやるように腕を曲げて、手を腰にあてる。そのまま横になると体が非常に安定します。そうして、手首は、ちょうどウエストの窪《くぼ》んだところに当りますから、手が圧迫されないです。痺《しび》れないです」

人間というのは、体の作りで随分違ったことを考えるものではないか。嘘《うそ》だと思うならホイテー先生の説に従ってごらん。こんな不自然な寝方というのはまず考えられない。

ところで「下になる腕の問題」は、私において未《いま》だに解決してはおらぬのである。

「ねえ、どうもこの腕のやり場がないね」

「じゃ、こっちへ伸ばして。あたし腕枕《うでまくら》にして寝るわ」

「いや、腕枕いやなんだ。そりゃ暫《しばら》くはいいよ。だけどぼくはね、きみが腕枕で寝てると動くの悪いと思うだろ、ね？　動いちゃいけないと思うと途端に動きたくなっちゃうんだなあ、どういうものか。どうしても寝返り打ちたくなっちゃう。たとえば、ゆうべもね、うちの猫がベッドにはいってきて、ぼくの腕枕で寝たんだよね。こっちは眠ってる間も潜在意識で動いちゃいけないと思っているから、朝まで寝返り一つ打たないでいたらしいんだなあ。お陰ですっかり肩凝っちゃった」

「じゃ、あたしが腕枕したげる」

「それも駄目なんだよ。きみの腕が痺れるといけないと思って首を少し持ち上げ気味にしちゃうんだよね。一と晩やってたら首がかちかちに凝っちゃう」

「じゃあね、あたしのウエストの下へ手をいれてみて」

「こう？」

「やっぱり駄目ね、あたしの腕のやり場がなくなっちゃう」

「じゃあ、二人で向かいあって蝦《えび》みたいに丸まって――これもなんだかモソモソするなあ」

「向かいあって二人とも腕組みみたいにしたら？」

「おかしいよ、これも。まっすぐ下へ伸ばしても変だし、あ、ぼくが両腕を枕のほうへ上げちゃうか」

「寒いわよ、それは」

「じゃ、きみが背中向けて——」

「いやよ、そんなの」

どうにもこれは処置がない。誰か図解入りの本でも出さぬものか。

それにしても、女というものは、よく男の胸なんぞに抱かれてすやすやと眠れるものだと思う。私なんか、鼻の先に温かい女の肌が迫ってたりしたら、到底鬱陶《うっとう》しくて眠れるものではない。

そうだ！　やはり男の鼻先は、空の彼方《かなた》へ広広と広がっていなければならぬだろう。愛する女を胸に抱きながら。

犬の生涯

彼らは結婚するとすぐに犬を買ったが、それは、べつにたいした理由あってのことではありません。

彼らの住まいの瀟洒《しょうしゃ》な雰囲気が、理由といえば理由であったろう。彼らは郊外の住宅地の、大きな西洋館の、二階全部を借りて暮らし始めていたのであります。

西洋館には、糸杉で囲まれた、広い芝生の庭があった。妻はシューマンのピアノ曲を奏《かな》で、夫はイェーガーのガウンなど身に纏《まと》って、コニャックのグラスを弄《もてあそ》びながら、ヴェランダの手摺《てす》りに身を寄せている――というようなことになると、当然、下の芝生の庭に、なにかこう洒落《しゃれ》た仔犬《こいぬ》が駈《か》けめぐっていてもいいのではないか、という気がしてくる。

彼らは、二人とも今まで自分で犬を飼ったことはなかったけれど、でも、人の犬を見て可愛《かわい》いと思った経験は数えきれません。

「犬を飼おう」

夫がいい始めると、妻は一も二もなく賛成しました。

「犬は可愛いよ。それに、犬がいたほうが用心もいいし、ぼくが留守の時にはきみも気が紛れていい」

「そうね、それにあなただって——」

「ぼく？」

「ええ、子供もいないし——」

「ああ、そのことか。いいんだよ。べつに。生みたくないのに生むことはないさ。気にしてないよ、そんなこと」

「あたしね、子供生んだら、子供にあなた盗《と》られちゃうんじゃないかと思って、それがとても恐《こわ》いのよ」

「ばかだな、もうそんなこと考えるのおよし。それより犬を飼おう」

二人がほんとうに飼いたかったのはセント・バーナードでしたが、セント・バーナードは仔犬で五十万円もするし、調教師を雇ったり、夏は軽井沢へ避暑をさせなきゃいけないとか、調べれば調べるほどこれは無理だということになり、そのうち世話をする人があって、結局、彼らはコッカー・スパニエルの仔犬を飼うことになった。素敵に晴れ渡った、秋の日曜日、夫と妻は多摩川べりの、犬の飼育をやってる人のところへ訪ねていって、仔犬を買いました。

血統書がついていて三万円でした。

Aで始まる名前をつける規則だというので、夫は早速「アベル」という名を考え出しました。

「アベル、アベル」

夫と妻は交《かわ》りばんこに呼びかけては抱き上げて頬ずりしました。二人とも自分が途方もなく心の暖かい人間になったような、甘やかな気分でした。

一体、コッカー・スパニエルという犬はそうなのですが、アベルは実に甘ったれた性格でした。

そもそも見かけからして甘ったれている。

長い耳、人懐《ひとなつ》っこい目、真っ黒な、ふさふさと波打っている柔らかい毛、少年のような細っそりした腰、そうして、握手してみると意外に太く逞《たくま》しい手。

アベルを抱き上げると、アベルはもう、ありもしない尻尾《しっぽ》を気狂いのように打ち振って、クンクンと鼻を鳴らしながら人の顔を嘗《な》めまわすのです。

「こいつはほんとに『可愛い仔犬』という言葉をそのまま犬にしたような奴《やっ》だなあ」

「ほんとにそうね。ほら、よく、猫が金魚鉢に手をつっこんだり、手鞠《てまり》でじゃれてたりする絵があるじゃない？　アベルは猫でいえばあれね」

「うん、あれだ、あれだ。おい、アベル、おまえはほんとに俗っぽい犬だなあ」

「あら、アベル、おじさん意地悪ねえ、おまえの悪口いってるわよ。さあ、アベル、こっちいらっしゃい。ああ、いい子いい子、おじさんほんとうに意地悪ねえ」

まあ、こういった工合で、アベルは暫《しばら》くの間、実に二人の寵《ちょう》を一身に集めた。

暫くの間、というのは、実はアベルがあまり賢い犬ではない、ということが次第に判然としてきたのであります。

たとえば、トイレットの問題である。

二人は初めアベルを室内で飼う心算《つもり》であった。ということは、アベルが十分賢くて、指定の場所で用を足してくれなくてはなりません。

このことのために二人は随分努力をした。アメリカ製の、犬の好きな砂というのを買ってきて、その砂を敷いたトイレットを、まず居間の片隅にしつらえた。

アベルがこのトイレットに馴《な》れたら、トイレットの位置を徐徐に遠ざけて、遂《つい》には人間のトイレットの片隅にまで移行させようという計画だったのです。ところが移行もなにも、アベルは初めっからトイレットに関して全く関心というものがありません。

今まで機嫌よく遊んでいたかと思うと、全くなんの予告もなしにぺたんと坐《すわ》りこむ。あっと思って抱き上げた時にはもう絨毯《じゅうたん》の上にチョロリと小さな水溜《みずたま》りができてしまっているのです。

夫は、研究熱心な人だったので犬の飼育法の本など読んで、こういう場合には新聞紙を巻いて丸い筒に作り、それで犬の鼻づらを叩《たた》くのがよい、などとあるのを実行してみるのですが効き目のあらばこそ。てっきりこれは自分と遊んでくれてるんだとアベルは思うらしく、新聞紙の筒に、咬《か》みつく、吠《ほ》える、じゃれる、駈けまわる、揚句の果てにまたもやチョロリとおしっこです。

いきおい、彼らの仕打ちもだんだん手荒になってくる。

一と月目くらいには、アベルがおしっこをすると、夫が、アベルの鼻先を水溜りに押しつけて、

「こら、アベル、なんだこれは。え？　なんだこれは。なん回いったらお前わかるんだ。ほんとに駄目な犬だな、お前は」

などと、一言いうたびに頭を強く引っぱたいて、キャンキャン鳴きわめくアベルを、砂箱と一緒にトイレットに閉じこめてしまう。

利口な犬ならこれで因果関係もわかるのでしょうが、アベルはそうではない。二時間くらいトイレットの中で鳴き続ける。遂に根負けして出してやりますと、喜色を満面に浮かべて二人のところへ飛んでくる——とみるまもなく、もうぺたんと腰をおろしてチョロリとやる始末です。


こうして、アベルは、結局二箇月たたぬ間に外で飼われることになったのでありますが、これは事実上、二人のアベルに対する興味の終熄《しゅうそく》を意味した。

私が彼らの住まいを訪ねたのはアベルが五歳になった春であった。

アベルは裏庭の一隅に粗末な犬小屋を建ててもらって鎖につながれていた。階下の女中さんが面倒を見ているらしい。五年間つなぎっぱなしだという。

目の上の毛が伸び過ぎて、その毛の先が目玉を擦《こす》るのだろう、目玉の一部分が紙鑢《やすり》をかけたように艶消《つやけ》しになっていた。耳にもひどいおできができていた。

私はアベルを連れて一時間ほど散歩しました。アベルは気が狂ったように私の前に後に走りまわり、ひらひら飛んできた紋白蝶《もんしろちょう》に向かって、威嚇《いかく》的に吠えたりしました。

おそらく、あれがアベルの生涯の最も華やかな一時間だったのかもしれませんねえ。夫も妻も、今にアベルをなんとかしなきゃ、と思いながら、ついになすところなくすごしてしまって、アベルは七歳の途中で、鎖につながれたままの生涯を閉じてしまったのです。

夫と妻は旅行中だったので、女中さんがアベルを埋葬しました。アベルの埋められた場所には、夫の作ったらしい白い小さな墓標が立っていて、アベルの墓、と書かれてありました。

その前にコップが一つ置いてあるのは花を供えるためなのでしょう。雨水が溜っていて花はありませんでした。

二人の間には、まだ子供はないようです。

寄り物

寄り物というのは、海岸に打ち上げられた種種《くさぐさ》の漂流物をいう。

頭《こうべ》を垂れて海岸を歩いていると、色色な寄り物が目に入る。貝や藻や水母《くらげ》があり、そしてまた大小様様の木片がある。ある時には吃驚《びっくり》するくらい大きな木の幹が真っ二つに裂けて、その裂け目がすっかり黒焦《くろこ》げになったのが転がっていたりする。これなどは、おおかた、雷にでもやられたのであろうか。海岸に落ちている木片には、不思議に焦げ跡のある物が多い。あれは海岸で焚《た》き火をした燃え残りが、波に浚《さら》われ、また打ち上げられた物ででもあろうか。

寄り物の木片に私はなんとなく心惹《ひ》かれる。殊《こと》に、渥美《あつみ》半島あたりのクリーム色の砂に洗われ洗われて、すべすべに角の取れた木片を私は愛する。松毬《まつかさ》なども、砂で磨かれてピンポン玉くらいに擦り減ってしまっている。こういう物を拾い上げては撫《な》で摩《さす》り、また矯《た》めつ眇《すが》めつしていると、時の経《た》つのも忘れてしまうのである。

寄り物で有名なのに、渥美半島の突端、伊良湖《いらご》岬の椰子《やし》の実がある。この付近には黒潮の関係で、時おり南洋の椰子の実が流れつく。島崎藤村の「椰子の実」という詩はここから来ているが、この事を藤村に教えたのは柳田《やなぎた》国男先生であった。先生の名文章「海上の道」によれば、

「この話を東京に還《かえ》って来て、島崎藤村君にしたことが私にはよい記念である。今でも多くの若い人たちに愛誦《あいしょう》せられている椰子の実の歌というのは、多分は同じ年のうちの製作であり、あれを貰《もら》いましたよと、自分でも言われたことがある」

とある。

名も知らぬ遠き島より
流れ寄る椰子の実一つ

故郷《ふるさと》の岸を離れて
汝《なれ》はそも波に幾月

旧《もと》の樹《き》は生《お》ひや茂れる
枝はなほ影をやなせる
われもまた渚《なぎさ》を枕《まくら》
孤身《ひとりみ》の浮寝《うきね》の旅ぞ

つまらないから以下は省略しよう。どうもこういう作り物の感懐というのは好きになれない。

伊良湖では、この詩を白い絵の具でのたくった椰子の実を、どの土産物屋も軒並みぶる下げて売っている。

店のおばさんの話では、椰子の実は今でもほんとうに流れてくるという。毎年幾つかずつ、必ず流れつくらしい。特に颱風《たいふう》のシーズンに多いという。

「あのォねェ、冬にでも流れて来ることがあるけどねェ、冬に来るやつは、一度ねェ、真っ青《さお》いのが三つ流れて来たことがあったけれどねェ、でもねェ、やっぱり八月頃流

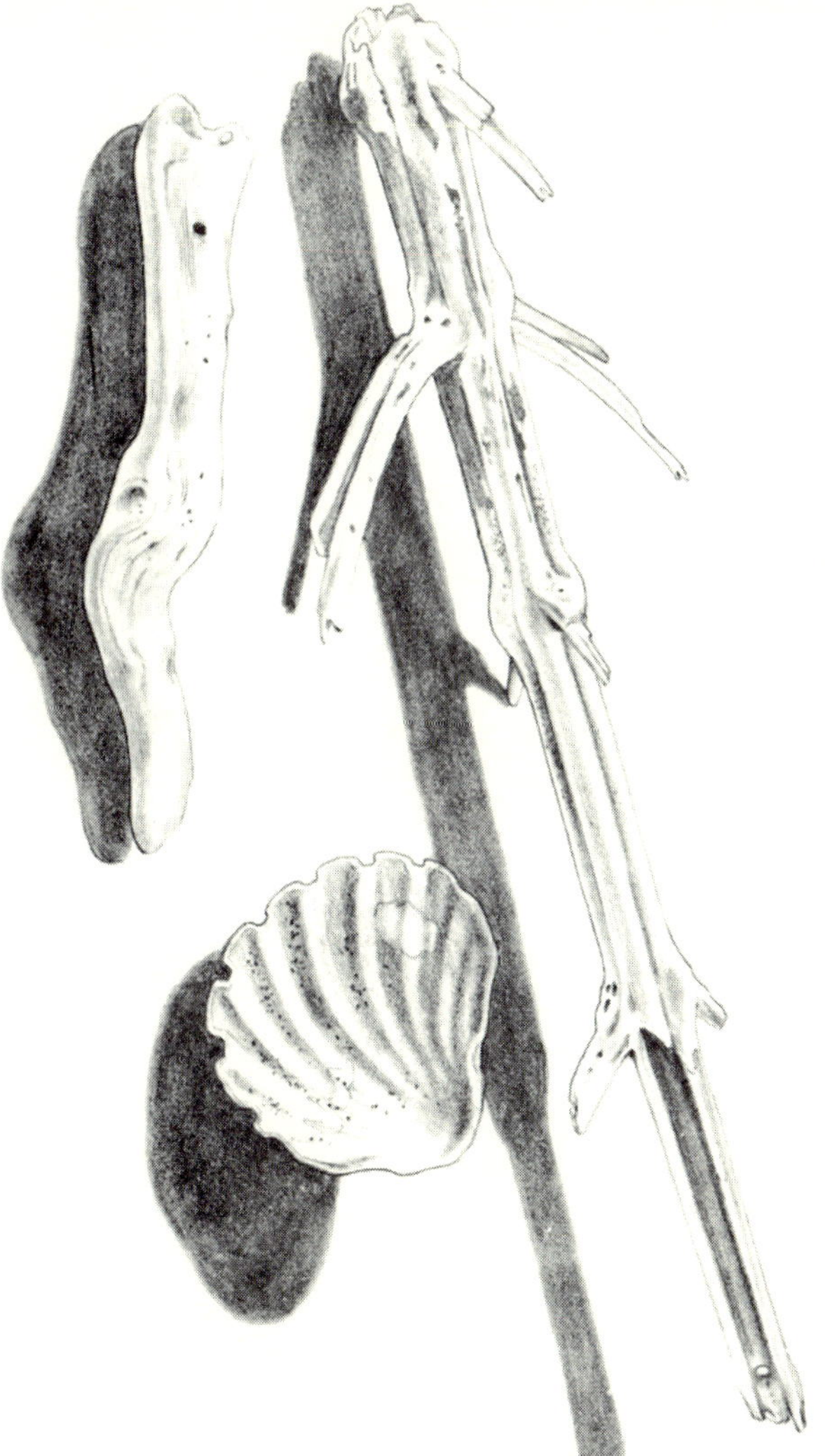

れて来る時が多いです。で、八月頃流れて来るのは、よく芽が出てますよ。一遍ね、流れて来た時には、こんな、一メートルぐらいの長い芽が出とった。ほいで、颱風の折りに来るやつはねェ、もう、浪《なみ》に揉《も》まれて来るもんだけん、もう皮がガサガサになって来るけれどねェ、その時には、まァ、五つ六つは流れて来ますよ。私ら、まァ、子供の折りからこの土地におりますもんだいね、颱風だていうとよく薪《まき》を拾いに行くだい、薪をね。太平洋から来たもんは、みんな海でさらえてくるで清潔《きれい》でしょう？そいで、薪を拾いに行くだいね。その折り、こういう椰子の実がいくつでもゴロゴロしてたけど、その当時はね、私らの親らがね、貧乏だからね、柄杓《ひしゃく》が買えなくてね、これ柄杓に使う。竹の柄をつけてね、ええ。半分に割って、中身をとって、こういうようにお椀《わん》にして、それに柄をつけてねェ。初めそれを使うとって、それから竹の柄杓が買えるようになって、それから、金《かね》の柄杓が買えるようになっただいね……」

椰子の実は一個二百五十円か三百円ぐらいだったと思う。大きさで値段も違うのだ、とおばさんはいっていた。

シンデレラ

積極的な好みと、消極的な好みとがあるように思える。

「美は嫌悪《けんお》の集積である」

というヴォルテールの言葉が説明しているように、ある人の場合、否定的な形で好みというものが形成されるのである。

「要するに、嫌いなものを全部どけたもの、それがおれの好きなものなの」

という好みの形式が存在するのである。

「あの人は好みがうるさいから」

という時、好みという言葉は、その人の好きなものを必ずしも意味しない。むしろ逆に、その人の嫌悪——おそろしく目のつんだ篩《ふるい》のような嫌悪を意味するように私は思う。

嫌悪の情だけで紡《つむ》がれた、蜘蛛《くも》の巣のような網を十重二十重《とえはたえ》に張りめぐらして、そのまん中にぽつんと坐《すわ》っている男――これは淋《さび》しい存在だと思われる。身を捩《よじ》るように淋しい存在だと思われる。彼は、心に適《かな》う訪問者を心待ちに待っているのだが、おそらく彼を訪れるものは永遠にありはすまい。彼が張りめぐらした十重二十重の網をすっかりくぐり抜けることなど、どんな人間にとっても初めから可能なことではないのだ。


「イタミ、おれね、どうも最近二度と結婚できないいんじゃないかという気がしてきたよ」

「そんなことないだろう、三十そこそこで。まだまだこれからだよきみなんか」

「いや、そうじゃないね。もうわれわれくらいになると、闇雲《やみくも》に恋愛して、衝動的に結婚しちゃうっていうようなことは起こりそうにないだろう」

「そうねえ、まあ、結婚なんてものは、ある程度はずみでしちゃわなきゃできるもんじゃないともいえるけどね」

「そうなんだよ。だけど、はずみで結婚するには先が読めすぎる年齢だろ、われわれ。そうすると、結局、よっぽど好みにあった人が出てきてくれるほかないわけなんだが、どうも人間三十何年も生きちゃうとねえ——好みったって、なにしろ条件が複雑になっちゃって——」

「じゃ、整理すればいい、条件を」

「そりゃまあ、ある程度のことは目をつむるとしてもだよ、どうしてもこれだけって条件がすでに大変なんだ」

「そうかね、たとえば鼻がどうとか目がどうとか脚がどうってこと？」

「いや綺麗《きれい》かどうかってことより、むしろ重要なのは雰囲気だけどさ、でも美しいとか気品があるとか、しかも蠱惑《こわく》的であるとか、そんなことはそもそも女としてつきあう上での基本的な条件なんでね——」

「そうかなあ、だけど、その基本的な線までいってる人見つけるだけで大変なことだよ。ぼくなんか、美しくて、気品があって、蠱惑的ならもうそれだけであとは全部目をつむるね。そんなひとは日本中で、そうねえ、いても五人くらいしかいないもん」

「五人いるかな？」

「五人はいるよ」

「じゃ、まだのぞみあるな。おれは外国人と結婚する他ないかと思ってた」

「いや、たぶんいるとは思うけどさ、でも、たとえばあなたのいう気品のあるってことね、気品があるっていえば一と言だけど、これは大変なことだもんね。たとえばさ、気品があるっていうには、たぶん両親がいい、それも何代かにわたっていいんだろうし、育ちは当然いい。となると自制心が強いだろう。従って人に対しては優しいに違いない。気品があるっていうのは気位が高いとかツンツンしてるっていうこととはまるで関係ないもんね。優しいというのは、つまり思いやりがあるっていうことだから、たとえばこのひとは、死んでもふくれっ面《つら》なんかしないだろうし、じゃ、あたし死んでやるから、なんて下品なことはいわない。いい教育を受けてるから、当然ピアノくらいは弾くだろうし、ひょっとするとバッハやモーツァルトが好きかも知れん。美術に対しても当然理解があるだろう。いいものを沢山見てるだろう。となれば当然着るものの趣味もいいに違いない。黙っててもぴたりと素敵なものを着てくるひと、それが彼女だ。もちろん料理もうまい。なぜなら彼女は贅沢《ぜいたく》に育てられてるから、ほんとうにおいしいものがどういうものか、それを体で知っているわけだ」

「いいねえ」

「いいだろう」

「いい、いい。しかし、そんな女がいるわけないよな」

「いや、いるよ、ぼくは三人知ってる。ただ三人のだれとも結婚できなかったが」

「どうして？」

「つまり——あちらも好みがうるさかったんだ」

「ハハハハ」

「ハハハハ」

「どうもうまくいかんものだな」

「うん。しかしね、好みがうるさいっていうのは考えてみれば便利なこともあるんだぜ」

「ほう、そうかね」

「つまりさ、あんまり、われわれ好みがうるさいだろう？　だからそういう篩をすり抜けてくる人には滅多に会わないじゃないの、ね？　だからさ、もしも万一そういう篩を抜けてきたひとが目の前にあらわれれば一目ですぐに、ア、これがおれの探していたひとだってわかるもんなんだよ」

つまりシンデレラである。

今まで小さい靴という消極的な好みの影にかくれて見えなかった「積極的な好み」が、この瞬間、突如シンデレラという少女の姿を借りて出現するのである。人生において、これ以上輝かしい瞬間はまたとあるまい。

昨年、私の友人が結婚した。

この友人の場合は、すべてが裏目に出た、いたましい一例である。これを示そう。

この男は、私の友人の中で、女に対して、はっきりと積極的な好みを持っている唯《ゆい》一《いつ》の人間であった。つまり、彼はふとった女が好きだったのである。

「七十五キロはほしいんだが、七十キロならなんとか手を打ってもいい」

つねづね彼はいっていた。

彼の表現によれば、女を抱く時――抱く、というのは、文字通り抱く、つまり、大きい丸い柱に抱きついて太さをしらべる、あれ式に女を抱いてみて、相手の背中にまわした両手がとどいてしまうようではいけない。どんなにひしと抱きしめても、あと数センチというところで両腕がまわりきらない、というのが彼の理想なのであった。

彼は、自分の理想をやや下廻るサイズの花嫁と式をあげた。

結婚すれば女はふとる――彼はそう考えたのである。これが敗因であった。

結婚すればふとる、というのはやせた女の場合にのみあてはまるらしい。彼のお嫁さんは結婚したとたんにどんどん細くなり始めたのである。

われわれの目から見れば、日ましに美しくなる妻を苦苦しげに見ながら彼はいうのだ。

「ねえ、あんまりひどいじゃないですか。まるで——まるで詐欺《さぎ》だよ、これは。ふざけやがって」

積極的な好みが、消極的な好みに変化した一例であろうと思う。

浮気論

私　浮気論？　うーん、これは喋《しゃべ》りにくいなあ。なにせ結婚してるもんだからね、具体的な例を話すわけにもいかんし――
編集者　ははあ、具体的な例があるんですか、それなら――
私　いやいや、そうじゃなくって――
編集者　ウン、それだったらもう奥さんにばれていますよ、女は勘がいいから。どうせばれてるんだから話してくださっても――
私　馬鹿《ばか》をいっちゃいかん。そうじゃなくって、仮にあっても喋らないという話をしてるんじゃないの――第一、仮に――仮にだよ――仮にそういうことがあっても、男は絶対に否定するのがルールでしょう。ぼくの友人にそういうことの達者な人がいて、こういうことをいっていた。ともかくなにがなんでも否定する。二人で抱きあってたり、キスしてたりするところを見つかっても、急病人を介抱してたとか、口移しで薬を飲ませてたとかいうんだってさ。ともかく、なんでもいいからきっぱり否定する。たとえ、一事に及んでる現場へ踏み込まれたとしても、まだいいわけのしようがある――

編集者　へえ、なんていうんです？

私　「今始めたばかりだ」というんだそうだ――ええと、なんだっけ？　ああ、浮気論ねえ。浮気浮気と――それはなに、浮気一般なの？　それとも――

編集者　男の浮気ということですね。

私　つまり、男は必ず浮気をするということをいわせたいわけ？

編集者　ええ、まあそういうことですが――

私　しかしねえ、男は必ず浮気するという考え方を私が力説するとしようか。すると読む人は、必ずああ、だからおれが浮気するのも無理はないという工合に、自分の浮気の口実に使うことになるね。そういう、だれかれの浮気の正当化の片棒担《かつ》ぐなんていうのがいやなんだなあ。

編集者　でも、男が必ず浮気するってのも確かでしょ？

私　そんなことは確かでもないし、またどっちでもいいことなのよ。ぼくのいいたいのはさ、ホラ、よく、男には狩猟本能があるからどうとか、撒《ま》き散らす本能があるからどうとかいうじゃないの。そもそも男はそんなふうに作られてるんだ、その証拠に精子の数は何億だが、卵子の数は一個だなんていう。こういう決定論にどれほどの根拠があるのかはしらないけど、ぼくはそういうことを口実にして、自分の浮気を肯定するのは、単なるイージー・ゴーイングだと思うわけよ。

編集者　じゃあ男が浮気する理由っていうのはなんですか？

私　さあ、現実のいろんな困難から逃げてるっていう場合もあるだろうし、女を数こなすことで、自分に自信をつけてるのかもしれん。あるいは奥さんに対するコンプレックスを、そういうことで解消してるのかもしれん。そりゃいろいろだろうけどさ、要するにそういう自分の本当の理由を直視することが大事なわけでね。ワイルドがいってるように「すべて意識されてなされたことは善である」と、いったようなもんでね。

編集者　ははあ、じゃあ自分が浮気する理由がわかっていれば、やってもいい――

私　そうじゃないんだなあ、つまり、自分自身の本当の理由を完全に知るなんてことは、不可能に近いんだよ。それほどまでに人間というものは、自分自身を騙《だま》すんだよ。自分が傷つかない、ということが、人生における大テーマなんだから。だから自分の分を正当化し弁護するためには、実に実に巧妙な手で自分を騙すんだ。人間は自分の動機をすべて意識するなんてことはありえないわけ。じゃなきゃ、おれは意識してやってるんだっていうんで、なにやってもいいことになっちゃうじゃないの。こりゃまたもっとイージー・ゴーイングになっちゃうよ。

編集者　じゃあ要するに浮気しなけりゃいいってことですか？

私　いやあ、そんなことだれもいってないんだなあ。浮気してなくったってね――ええと、たとえばね――うーん――たとえば、ある女が浮気をしないとするね。内心したくてうずうずしてるけどもしない。しないのはいろんな理由があるだろうけど、仮に浮気をしてばれた場合、制裁が大きすぎる。損をしすぎるというようなことが、心の中で大きなブレーキになってるとする。こういう場合、女はたいがい論理のすり替えを行うんだなあ。「私は愛しているから浮気をしない。あなたは愛してないから浮気をする」浮気ができないということが先行してることに目をつむって、愛情の結果だという工合にすり替えを行う。行うだけならいいが、それに自分で気がついてないから、始末が悪いんだなあ。

編集者　じゃあ――ウーン――弱ったな、ええと、じゃあね、こういう人がいるでしょう。おれは浮気はする、でも女房は愛してるっていう人。

私　愛するっていうことは、いろんな角度から捕えられると思うけど、一番実践的に捕えると、相手の身になって考える、ということになるんじゃないかと思うわけね。つまり愛するといっても、具体的になにか心の操作があるはずなわけで、その中でとりあえず一番実行できそうなものをいうと、相手の気持ちになって考えるというようなことがでてくると思う。
編集者　つまり思いやりですか。
私　そうね――だから――もし本当に奥さんの気持ちになって考えるなら、浮気なんかできないよね？
編集者　ええ、まあそうですね。
私　ネ？　できないけど――
編集者　でも――
私　ウン、でもね、相手の気持ちになるといっても、完全に相手の気持ちになることは、できないわけでね。
編集者　そうそう。
私　でも、できないからしないということではないわけで――つまり一生懸命やってみなけりゃできないということも、わかんないわけで――それにね、浮気はするが女房は愛してるというういい方には、もう一つ問題があるね。

編集者　なんですか？

私　つまり、人間が他人と――いや他人と限らず自分自身とでもいいんだけど――つきあう時にね、こっちではいい加減、こっちでは真剣という工合に、いろんなパターンでつきあえるかという問題ね。ぼくは結論をいうなら、人間が自分なり他人なりとつきあうパターンは一つしかないと思う。たとえば、自分自身と粗雑にしかつきあってない人というのは、必ず他人とも粗雑につきあってると思うわけ。あるいはまた、浮気の相手とは粗雑なつきあい、女房とのは特別製の全然違う深いつきあい、なんてそんなことできるわけないんだよ。浮気してる罪悪感を、でも女房を愛してるからというので、帳消しにしようとしてるのかもしれんし、愛してるんだという建て前にさえしておけば、女房を傷つけてる自分を自分で宥《ゆる》す口実にもなる。こんなのは愛でもなんでもないわけで、要するに、私のいいたいのは、自分とどこまで深くつきあうか、自分自身のペテンにかからないということで、つまり自分自身と深くつきあうことだけが、他人を愛する道へつながるんじゃないかということね。つまりワイルドがいったように――アレ、この話はどうも循環してるんじゃないかな？　どうも抽象的な話ばかりになったけど、そりゃ、あなたが聞く相手を間違えたわけで――こんなとこでいいことにしようよ。

編集者　そう――ですねえ――
私　なんとかまとまりそうかね。
編集者　ええ、まあ、なんとかなる――でしょう。

二週間ばかり経《た》ったある日、私が仕事から帰ってくると、女房が不機嫌な顔ですわっていて、私の足元へ週刊誌をプイとほうってよこした。浮気に関する各界の名士の意見にまじって私の考え方も紹介されていた。

十二歳年下の奥さんと結婚して、今年二年目の元プレイ・ボーイ、俳優の伊丹十三さんは、男は必ず浮気をするという考え方。浮気をする自分を正直に見つめる勇気を持とうという。「ぼくは、自分の浮気を本能のせいになんかしたくない。人間が人とつきあうパターンというのは、つねに一つなんだ。奥さんを愛してる人は、浮気の相手にも真剣になれる人だ。ぼくはどちらにも全力でぶつかりますよ。ただ、ばれた時には絶対に否定する。これが思いやりであり、愛情であると思うんだなあ。近ごろの若い人たちの浮気には、この最低のエチケットが守られていない」と、いうのだが……。

流れゆく女友だち

「ね、坊や、おとうさんとおかあさんと、どっちが好き？」

子供の頃、大人たちからこういう質問をされて当惑した記憶がずいぶんある。答えようがない、というか、答えるべき質問ではない、ということは子供心にもわかるのである。

よしんば、両親を比べてみてやっぱり母親のほうが慕わしいように思えても、それを「どっちが好き？」「おかあさん」という割切った断定にしてしまうには、非常な抵抗を感ぜざるを得ないだろう。

どだい質問自体が無神経なのだ。こういうことを平気で子供に聞くというのは、私の経験では女に限っていたようである。

「わかんない」

「両方とも同じくらい」

そんなことで引き下がる相手ではない。

「じゃあね坊や。坊やは、おかあさんがいなくなっても平気？」

とくるから始末が悪い。

やはり、ああいう女の人は家へ帰っても、自分の子に同じことを聞いてたんだろうね。

「ね、ケンチャン、パパとママとどっちが好き？」

「ママ」

と答えさせて、飽きることなくこの問答を繰り返していたのだろうか。ああ気味が悪い。

もっとも、近頃では、そういう問いに対して、

「パパ」

と答える子供がふえつつあるともいう。これまた愚劣な現象ではあるが。

そもそも「パパとママとどっちが好き」という発想ほど女性固有のものはあるまい。しかも、その発想の、根本的な賤《いや》しさに自ら気づいていない、というのが更に輪をか

けて女の女たるべき所以《ゆえん》であって、そもそも、なんでそうなにもかも比べてみなきゃいけないの？　そんなにあなた自分に自信がないの？　子供を強迫して「ママ」なんていわせて、それでもってあなた自分に自信つけてるわけ？　よく恥ずかしくないね。まあ、しかしなんだな、考えてみれば自信がないのが当然だよね。自信があるわけないものね。なにひとつ自信ないだろうねえ、そうだろう、そうだろう。よしよし、正直なのはいいことなんだよ、おまえ。

「ねえ、あたしのこと愛してる？」

試みにウンということにしてみようか。

「うむ」

「世界中のだれより？」

「うむ」

「今までにあなたが愛してきたどの女《ひと》より？」

「うむ」

「じゃあね。コガネとあたしとどっちが可愛《かわい》い？」

コガネ丸、というのは私の飼っている猫である。いいかげんにしてもらいたい、と私は思う。

およそ自分にコガネ丸の千分の一の可愛さでもあると考えているとしたら、これ以上の思い上がりはない、というのが私の考えなのだ。

断わっておくが、コガネ丸はなにも格別可愛い猫でもないし、私も別段熱狂的な猫好きでもなんでもない。女の可愛さなんぞは、男にとって初めからその程度のものなのだ。コガネ丸とあたしとどっちが——冗談じゃあない！　厚顔といおうか無恥といおうか。私は自分の表札の中に、イタミコガネと小さく書き添えることをむしろ快とするものである。女の名はいやだね。断じていやだ。


「ねえ、あなた今つきあってる女の人の中で、だれが一番お好き？」

「そんなことわからないよ、自分じゃ」

「あら、わかんないの？　教えてあげましょうか、わかる方法」

「そんなのわかる方法ってあるの？」

「あるわよ。二人ずつ河へ落っことしちゃうのよ」

「河へ？」

「うん。つまりA子さんとB子さんが河へ落ちて溺《おぼ》れかけてるとするのよね、あなたどっちを救《たす》ける？」

「そりゃ、両方救けるよ、なんとかして」

「それがね、両方は駄目なの。すごく流れが早くて、あなたは二人のうち一人しか救けられないの。さあ、どっちを救ける？」

「――」

「どっちだっていいわよ、あたしは。まあ、よく考えて一人をお救けなさい。そして今度はC子さんとD子さん、E子さんとF子さんていう工合にして、そのまた救かった人どうしでどんどんやっていくと――」

「つまりトーナメントだね？」

「そうそう、トーナメントでやっていくと、最後に一人残るでしょう。その残ったかたが、あなたの一番好きなかた。どう？　いい方法でしょう？」

　そうかなあ。そんなにいい方法かなあ。もし、みんな溺れてしまって茫然《ぼうぜん》自失、というようなことになったら、かなりやり切れぬに違いないと思われるのだが……

御祝儀袋《ごしゅうぎ》

伊丹　今月は作家の山口瞳《ひとみ》さんをお招きして「御祝儀袋」についてお話しねがおうということなのですが——山口さん、どうも、よくお越しくださいました

山口　いやあ、どうも

伊丹　なにしろ御祝儀の専門家でいらっしゃるもんですから（笑）

山口　なにをおっしゃいますやら

伊丹　「キャッシュの山口」というくらいのもんで（笑）。——ええと、日本という国は原則としてチップのない国ということになっているのですが、実はそれは表面だけのことで、御祝儀、ないし心付けをいくらいくらにしようかということで悩むことは、案外多いのではないか——

山口　そうですねえ（と嘆息して）、こんなにめんどうなものはないですねえ。つ

まり外国のように、あげるものだと決まってればねえ、もらうほうもなんでもないし、額も——たとえば、一フランなり一シリングなりをチップの単位として考えることができるんでしょうけど、日本はそれがないから——あげると、かえって「これなんですか」なんていわれることがありますでしょ。たとえば自動車を待たせちゃったようなとき、申しわけないから御祝儀を差し上げると「ちゃんとメーターが出てからにしてくださいよ」（笑）。お勘定を払ったと思うんですねえ。だいたいもう運転手さんが御祝儀袋ってものを知りませんね

伊丹　ふうむ、——だいたい原則としてどんなときに御祝儀を——ええと、まず日本旅館というものがありますが——

山口　ええ、日本旅館がありますねえ。日本旅館でも下足番とおふろ番と女中さんと板前とあるでしょう？　この額をどうするかということが——

伊丹　それはぜひ聞かせてください。ええと、たとえば、宿賃の総額が二万円だったとしましょうか——

山口　ウーン二万円ねえ——これはあまり額には関係がないかもしれないけど、ぼくの場合は下足番とおふろ番の人には五百円——これは五百円札用意しておかなきゃいけないけれどね——どういうわけか五百円なんだなあ、千円だとあげすぎな感じに

なっちゃうんですよ

伊丹　女中さんはいかがでしょう

山口　女中さんはねえ、私の場合はとりあえず千円差し上げて、あとの感じで――というとおかしいですが、いろいろ迷惑をかけたとかお世話になったというときに、また千円追加するくらいな感じですねえ、帰りぎわに。それから板前さんは、たとえばなにか――そんなことは私絶対にしないけど、たとえば、ま、なにか無理な注文をしたとか――ま、ありませんけどね――あるいは、とてもおいしかったとかいうときに、女中さんに頼んで千円くらい差し上げると、ま、いう感じですね。ま、それがまたいろいろ変化しますけどね（笑）。――あの将棋とか碁に変化っていうのがあるでしょう？　変化ってのがある、ウン（笑）

伊丹　滞在期間との関係はどうでしょう？　やはり永くなればそれだけ女中さんにも――

山口　ええ。ですから、それはさっきおっしゃったように二万円ということならその一割ということでいいんじゃないですか？　ただその、五万円になったときどうしようかということがありますわね

伊丹　五万円で五千円になりますか？

100

山口　五千円に——ならないけど、だから——変化ですね（笑）

伊丹　あんまりあげすぎても——

山口　ええ（力をこめて）あげすぎていけないんですよ——で、少すぎていけず、ねえ——ま、こんなむずかしいものはないですねえ（と再び嘆息）

伊丹　ホテルなんかで、着くとボーイさんが部屋に案内してくれる。この場合はどうでしょう

山口　ホテルの場合は、こりゃもう外国だと思っちゃってて——だから百円あげる

伊丹　チップで困るのは、相手の身なりなんかがりっぱすぎる場合ですね

山口　それはありますねえ。私の友達がある工場へ取材に行きましたらね、案内人が駅まで送ってくれたんですよ、自動車で。でね、百円あげたんですって、御祝儀を。ま、遠慮したけど、割にすなおに受け取ったんですって。そしたらそれが社長だった（笑）。——でもね、恥をかかせまいとして黙って受け取った社長も偉いよ、粋《いき》な社長だと思いますよ

伊丹　いやあ、しかしむつかしいもんですねえ

山口　いやあ、むつかしい、ほおんとに。いまだにビクビクしてますよ、差し上げるとき。ぼくはねえ、ぶん殴られそうになったことがあるんですよ。あるバーで。え

え、飲んでましたらねえ、ヴァイオリン弾きがいるんですよ。ヨーロッパの人でね。それが弾きながらこっちへ来たから千円あげたんですよ。そしたらものすごい勢いで怒るわけ――殴りかからんばかりの勢いなんですよ――よくわかんないけど、芸術家だっていってるんですよ、乞食《こじき》じゃないって――（しみじみと）ほんとに、ああいうのは困りますねえ

伊丹　ふうん――

山口　といってね、こちらへ弾きながら近づいてこられてはあげないわけにはいかないんですよ、日本人の心情としてね

伊丹　なるほど――

山口　（しばらく考えてから）やはり命がけですね（笑）――あげるっていうことは

わが思い出の猫猫

「どうして猫が好きなの？」

と、いわれても、それは困る。

私が猫を好きなのは、なにか理由があってその結果好きだというのではない。理由などあれこれ考えるより以前に、すでに好きだという事実が厳存しているのであって、いわば好きだから好きだ、とでもいうよりしようがなかろう。

そもそも、

「どうして猫が好きなの？」

といういい方は失礼ではないか。こういう質問はたいがい若い女の口から発せられるようである。若い女の、まず三人に一人くらいが、私の部屋へはいってくるなりいう。

「ア、イヤダァ、猫がいる、猫がいるわァ。あたし猫ってだめなのよ、猫、弱いのよ、あたし。ウワァ気持ち悪い」

私はこの時、密《ひそ》かにこの女の名を自分の心に刻みつける。おそらく、この女も将来結婚するだろう。結婚して、子供を作るだろう。そこへ乗り込んでいって言ってやる。

「ア、イヤダナァ、赤んぼがいるゥ、赤んぼがいるじゃないのォ。おれ赤んぼってだめなんだよ。赤んぼ、弱いんだよ、おれ。ウワァ気持ち悪い」

お前さんのしてることは、これと同じことじゃないか。犬にせよ猫にせよ小鳥にせよ、その家で飼われてるっていうことは、その家の人人にとってみれば、家族の一員ということなのだ。

「イヤダァ、猫がいる、ウワァ気持ち悪い」

とは一体どういう神経であるのか。（なあに、どういう神経もこうもありはしない。無神経、というのだ、こういうのを）

「どうして猫が好きなの？」

というういい方が失礼だといったのは、この質問が、右のような場面のすぐあとで発せられるからに他ならぬ。

なんのことはない。

「どうして猫なんかが好きなの？」

「猫なんてもの、一体どこがいいのよ」

ということではないか。

心の底からムッツリしている私に、若い女は続けて浴びせかける。

「あたし、犬は好きなんだけどな。うちにも一匹いるのよ。ペロっていう名前なの、あたしがつけたの、すごォく可愛《かわい》いんだから――ネ、このうち犬はいないの？　猫なんかやめて犬飼いなさいよ、可愛いわよォ犬は――ネ、どうして犬飼わないの、ネ、ネ、どうして？」

一体全体どうして犬好きの人間というのは猫と犬とを較《くら》べたがるのだろう。なぜ猫好きをして犬好きに転向させようとしたがるのだろう。

猫好きの人間が犬好きの人間に向かって、「あなた犬はおよしになったほうがいい。やはり猫になさることだ」

などという話は聞いたこともない。猫好きというのは、この種のお切匙《せっかい》とは無縁である。やはり、犬と猫との間にみられるように、相当な性格上の相違が存在するのではなかろうか。動物は飼い主に似るというが、おそらく、飼い主のほうでも、その飼っている動物に似るということがあるのではないかしらん。

犬と猫とを比較したりするのは、猫好きとして本意ではないのだが、行き掛り上、もう少しここのところを調べてみる必要があるような気がしてきた。

試みに猫が好きで犬が嫌いな男と、犬が好きで猫が嫌いな女を口論させてみようか。

（ついでにいうなら、私は別に犬嫌いではない。犬は何度も飼ったことがあるが、可愛いものだと思う。ただ、私の犬に対する愛情と、猫に対する愛情を比較するなら、やはりそこに大きな隔たりがあるのを否定できぬのである。すなわち「犬のいない人生は考えられるが、猫のいない人生は考えられない」のです）

「猫っていやあね、なんだか陰険で」

「ほう、猫が陰険？　猫の一体どこが陰険なのかね」

「だって猫ってなに考えてるかわからないみたいじゃない。犬だったら嬉《うれ》しい時には尻尾《しっぽ》振ってとんでくるわよ。態度がはっきりしてるじゃない」

「そりゃあ君が猫が嫌いだからじゃないのかね。猫っていうのはね、すごく警戒心が強い。ま、小さい動物はみんなそうだけどね。だから、猫が嫌いっていう人はなにか素振りでわかるらしいんだよね、そういうことにはすごく敏感なんだな。だから、嫌いな人には、なにされるかわからないから、注意して近づかない。それが陰険に見えるんじゃないのかな。第一ね、猫がなに考えてるかわかんないっていうのは、君が猫を知らないからでね、ぼくなんか猫の考えてることは実によくわかる。機嫌のいい時は、本当に機嫌のよさそうな顔するもんだよ、猫ってのは。むしろぼくなんか、犬みたいに誰彼なしに尻尾振ってお愛想笑いしてるみたいなほうがよほどいやだね。あれは実に卑屈だ」

「あら、それだけ犬のほうが天真爛漫《てんしんらんまん》で無邪気なのよ。折角気に入られようと思って一生懸命尻尾振ってるのを卑屈なんていうのは、つまりあなたの心が捩《ね》じくれてるからよ。男ならもっと心を広く素直に持つべきだと思うわ」

「心を広く持って、人の顔色を見るのかね？　そしてだれにでも尻尾振るのかね？　ごめんだね、そんなの」

「だれにでも尻尾振ると限んないわよ」

「大体そうだよ、犬ってのは」

「でもうちの犬は違うわよ。うちの犬は主人が危害加えられてると思ったら、どんなに好きな人にでもとびかかっていくわよ。按摩《あんま》さんがあたしの肩叩《たた》いたら按摩さんにとびかかっていったくらいですもんね」

「つまり、そりゃ頭が悪いんだよ」

「頭悪くないわよ。うちの犬なんか喧嘩《けんか》の仲裁までするわ。こないだなんかもママが大きな声で下の妹を怒鳴ったのよね。そうしたらうちの犬が間に割ってはいって、妹のほうには顔を見上げて尻尾振るし、ママのほうには、まあまあそうおっしゃらずにっていう感じで、前脚あげてママを押してるの、あたしおかしくなっちゃった。一生懸命仲裁してるつもりなんですもんね」

「だから犬はいやなんだよ。おれはそんな工合にべたべたと感傷的なつきあいしたくないんだよ」

「あなたは冷たいのよ」

「冷たくてもなんでもいいけど、ともかく犬はいやだ。夏の盛りに人前で交尾したり、横目で人の顔色見たり、あ、それからあれもいやだなあ。犬ってのはさ、爪《つめ》が引っ込まないじゃないの。だから夜、アスファルトの道なんかでさ、犬は爪の音立てて走ってるもんね。どうも犬ってのは下等だね。浅間しい感じだね」

「なにいってんのよ。そんなら猫はどうなのよ。猫なんて人を利用して生きてる我利我利のエゴイストじゃないの。自分さえよけりゃ人はどうでもいいのよ。冷たくて陰険で、あなたと同じよ。犬のほうがよっぽど高級よ」

「犬なんてのはさ、一番偉くなってせいぜい狼《おおかみ》だろ。猫の偉いのは豹《ひょう》、虎《とら》、ライオンだからねえ、まるで格が違う」

「そんなことなんの関係があるのよ。猫はライオンじゃないじゃないの」

「そう。猫はライオンじゃないかも知れん。でもね、動物園行って見てごらん。ライオンは確実に猫だよ」


さて、犬と猫の一番大きな違いはなんであるか。私の考えでは、犬というのは、あれは人間の家来である。忠実な家来、あるいは信頼すべき召使い、愛くるしい奴隷《どれい》、愛すべき道化、そこのところはなんと呼んでもいいのだが、とにかく、あれは飼っている人間を主人と仰ぐところの、つまり家来である。

家来である、と私が一方的にきめつけてるわけじゃない。私のほうでは犬を家来にしなくたって一向に構わないのだが、犬のほうが進んで家来になってしまうのだからしようがない。

実に犬が主人に向かってすることなすこと、「家来的」演技に満ち満ちているではないか。ちょっと出かける素振りでも見せようものなら、たちまちとんできて、

「あ、社長、お出かけでございますね。私めになにか御用は？」

と、まあ言葉でいうならそういう顔付きをして人の顔を見上げるようなことをする。

もちろん、その時、目に「憧《あこが》れの表情」みたいなものを一杯湛《たた》えてみせるのを忘れない。

ともかく反応が大袈裟《おおげさ》すぎるよ、犬というのは。ちょっと声をかけたり、撫《な》でてやったりしたくらいのことに、なにもいちいち感激してみせることはないんじゃないかと思うのだが、犬は、いかなる場合にも、忠実な家来という自分の役割りを忘れることはないのだね。

「ああ、なんていう素敵な御主人だろう！　実にいい御主人だなあ！　そうして、僕はなんて幸せな仔犬《こいぬ》なんだろう！」

こういうことを面と向かっていうからいやになってしまう。いや、人間の言葉にこそなっていないが、そこはそれ、犬語で、つまり態度で示されてしまうからいやになってしまう。

「おまえ、よしなさい、そういうことを面と向かっていうのは。みっともないよ、おべんちゃら使って。第一お前は仔犬なんかじゃないじゃないか。なんだ、孫まである癖に。幸せな仔犬みたいな芝居するのよせ。甘ったれるな」

こういう工合に叱《しか》ってみても、

「あ、さすが御主人だ。おっしゃることが違うなあ。さすが鋭くていらっしゃる。いやあ、まいった、まいった」
というようなことを犬語でわめきちらして、更に目を輝かせて人の反応を伺い、反応が不足とみるや、ペロリと人の足を嘗《な》めてみたりするから始末が悪い。実に、犬は人間の家来なのであります。

さて、それでは猫はどうか。猫は人間の家来であるかというに、いやあ、そんなことはないのだな。

猫は人間と対等である。

少くとも、猫自身は、自分が人間と対等であると思ってるふしがある。

猫も犬と同様、なかなか芝居することが好きである。ただ——猫の場合、演技のウエイトが、あくまで自分が人間の家来ではない、ということを誇示することにかかってくるのであります。

たとえば私が猫と遊ぼうと思って、猫を呼ぶ。もちろん、ただ呼んだのでは来ないことはわかってるから、煙草《たばこ》の箱を包んでいるセロファン、ああいうカシャカシャと音のするものが猫にとっては非常に興味深いらしいので、ああいうものを、音を立てて丸めながら猫を呼んでみる。

すると猫はどうするか。セロファンの音が聞こえているのは、耳が忽《たちま》ちこちらを向くからすぐにわかる。聞こえるから来るか、というと、これはまず絶対に来ない。セロファンを丸める音が愉《たの》し気だ。愉し気だからすぐにとんで行く、というようなストレイトな反応を、猫は決してとらないのである。

ストレイトに反応するのが嫌いなのではない。そういうふうに、幼稚なトリックで、単純に操られるような存在だと思われるのが業腹《ごうはら》なのである。沽券《こけん》にかかわるらしいのである。

そこで猫はどうするか。猫はここで一芝居打って見せるのですね。なんとも阿呆《あほ》らしい、見えすいた田舎芝居を打って見せる。

たとえば、私が猫を呼ぶ。セロファンなど愉し気に丸めながら猫を呼ぶと、猫はまず実に軽蔑《けいべつ》した顔つきで、ちらと私を一瞥《いちべつ》し――この辺からすでに芝居になるのだが――続いてわざとらしい大欠伸《おおあくび》をして、次に顔など洗い始める。

しかし私の方でも、それが田舎芝居だということを重重承知しているから、更に愉し気な音を立ててセロファンを丸めたり、丸めたセロファンをその辺に転がして、さも面白そうにそれで遊んだりしてみせる。

すると、やがて猫は耐えかねて――ここからが田舎芝居の山場になるわけなのだが

——たとえば、突如「オヤ？」という表情で顔を上げる。

これはどういうことかというと、私の坐《すわ》っている後ろの窓に鳥が見えた、という演技なのである。

「オヤ？　窓の向こうの樹《き》に鳥がとまったぞ」

そういう身振りよろしく、暫《しばら》く私の後ろの窓を凝視している——と見るまもなく、つつつつ、と走り出して窓の側《そば》へかけよるのである。

当然、この時、私や、床に転がっているセロファンの近くを通るのだが、そんなものには目もくれない。一直線に窓際《まどぎわ》まで走り寄って、窓の外の樹を一心にみつめている。

みつめたって鳥なんかいるわけじゃない、これはもともと芝居なんだからね、鳥がいるわけはないのです。いや、鳥なんかいる必要は全然ないのだ。この芝居の狙《ねら》いはもっと後にある。

鳥がいない、ということがはっきりすると、猫はちょっとした思い入れをする。

「どうもおかしい、確かに鳥だと思ったんだけど、逃げちゃったかな。もしかしたら、初めから鳥なんかいなかったのかしらん。だとしたら、すごい勢いで走ってきたりして、ちょっと恥ずかしかったかな」

そういう思い入れをしてから、念のいったことに、軽はずみを恥じるような顔をして窓際から引き揚げる。

そうして、この引き揚げる時に、ほんのついでに近所を通りかかったから、という顔で、私のところへちょっと立ち寄るのである。そうして立ち寄る時に、偶然、たまたま、フト、目についたような顔をして、セロファンの丸めたやつを「発見」する――と、まあ、猫というのは呼ばれて来るだけに、これだけの田舎芝居を打ってみせるのであります。

いや、田舎芝居、などというのは、私がすでに三十年以上も猫を飼っているから、猫の意図を見破って悪口をいってるだけの話で、普通の人だったら完全に騙《だま》されるような迫真にして精密なる演技なのです。第一、まず最初に、鳥を見つけた、というつもりで、オヤ、という顔をするなんて、筋書からして憎いじゃありませんか。

ともかく――例が長くなったが、これだけの凝った芝居を、ただただ、自分が人間に簡単に服従するような、単純幼稚な存在ではない、ということを示すだけのために打ってみせるのです。猫の自尊心というのは怕《おそ》るべきものがあると思う。とても人間の家来などというものではありません。

うろ覚えであるが、たしかジャン・コクトオの言葉にこういうのがあったと思う。

「女は猫と同じだ。呼んだ時には来ず、呼ばない時にやって来る」

私の考えでは、こういう猫型の女というものが、今や絶滅しつつあるように思われる。呼んでも来ない女と、呼ばないのにやって来る女——女がこの二種類に分離してしまって一人でよくその両方を兼ねる猫型の女には絶えて久しく逢《あ》うことがなくなってしまったように思われる。

そうして、逢えないということがわかると、無い物ねだりの悪い癖が出て、なにやら、女はどうしても猫型でなくてはならぬ——突然男に甘えたり、また突如として冷たく無関心な存在に変貌《へんぼう》したりという、恋の駆け引きというか、変幻自在の進退というか、そういうものを無意識のうちに身につけていて、一と度男がその女を恋するや、とことんまで翻弄《ほんろう》されることになってしまう——そういう生まれながらの媚態《びたい》を身につけた女こそが、最上の女である。こういう、なんというか、あどけない悪女のような女に徹底的に引きずりまわされてみたい、という物狂おしい思いに取り憑《つ》かれてしまうのである。

要するに男というものは女に惚《ほ》れられたいのではなく、いや、無論惚れられることもいいのだが、しかし、それにも増して女に惚れたいのである。しかし、惚れるためには、惚れさしてくれなくてはならぬ。巧みに惚れさしてくれねばならぬ。

女は猫であってもらいたい。男の尺度で推し計れぬものであってもらいたい。ある時は手の届かぬ高みにあって、われわれの心を遣瀬《やるせ》ない憧れで一杯にするかと思うと、まったく思いがけぬ時に突然ひどく近しい親密な存在に変化して、甘やかなインティメイトな時を持つ。そういうものであってもらいたいと思うのだ、恋というものは。

そうして、次の日に逢った時には、もはや昨日のインティメイトな記憶は彼女の心のどこにも見つけることができぬ。彼女はすでにして、捕えることのできぬ天空の高みに翔《かけ》り去って、われわれは再び吐息をつく――

恋というのは、そういうものじゃなかったっけ。近頃のおまえさんのやってることは、あれはなんだ。あんなものは恋でもなんでもありはしない。女を誑《たぶら》かしてるに過ぎんだろう。あんなものは条件反射の一連でしかない。このボタンを押すとこう、このボタンを押すとこう――おまえさんのやってることは全くスポーツ・カーを運転してるのと同じだなあ。

なぜ女たちは猫であることをよしてスポーツ・カーに変貌してしまったのか。

コクトオのいうとおり猫というものは、最良の意味において女と似ている。全く人間を無視した、憎たらしいほどのよそよそしさと、膝《ひざ》に乗っかって喉《のど》を鳴らしたり、人の顔を見上げたり、満足気に尻尾を振ったりする時の甘ったれた愛らしさとを、猫はなんと巧みに使いわけることだろう。

そうして、また、この使いわけのなんという配分の良さ、タイミングの良さ。まったく天衣無縫という他ないのであって、それゆえ、時に女どもが、

「ねえ、あたしとコガネとどっちが可愛い？」

などと訊《たず》ねるのであるが、冗談じゃあない。きみなんかコガネの百分の一も可愛くないのであって、もしもコガネの半分も可愛い女がいたら、私はすべてを投げうって顧みないだろうと思うのである。

実に猫というのは偉いものではないか。あんなに何の役にも立たぬ、いや、純実用的に考えるなら邪魔っけな存在でしかない筈《はず》のものが、おのれの魅力だけで世を渡っている。犬のように人間に媚《こ》びるわけじゃない。なんとも我儘《わがまま》放題に、むしろ、その家の主《あるじ》のような態度で世を渡っているではありませんか。こんなことは私にはとても

できない。

やっと話が本題に戻ってきたが、そういうわけで、猫と人間とはつねに対等にしかつきあえない。犬には、

「自分は犬です。あなたがた人間より劣った種族です。だから、私をあなたの家来にしてください」

という意識がある。猫にはそれがない。

猫の意識において、猫という種族は人間とまったく対等の種族なのである。いや、ことによると、猫は自分を人間であると思っているのかも知れぬ。

そういえば時に猫は、はしゃぎまわる小児のようであり、時に猫は、哲学的な瞑想《めいそう》に耽《ふけ》る老人のようでもある。

ひどく賢《さか》しげに見えるかと思うと、実に暗愚な男みたいな様子で、テレヴィジョンなど眺めていることもあり（「人事部長もOKしたカラーシャツ!!」なんぞというコマーシャルを、喰い入るように見ていたりするが、ああいう時の猫というものは実に愚かしく滑稽《こっけい》なものだね）またある時は、招かれざる客という風情《ふぜい》で居心地悪そうだし（遠慮深い親戚《しんせき》という感じでもある）また逆に、気に食わぬ客を大勢迎えた主人と

いう感じで苦り切っていることもあり、かと思えば時には、客好きの少年という感じで、いそいそと客を出迎えたりするのであって、まあ、こんなことは書き並べるときりがないが、要するに猫というものは実に人間臭いやつなのです。

断じてあれは家来なんかじゃない。不思議な同居人、とでもいうか、せいぜい悪く言って居候《いそうろう》でしょう。しかも自分が居候であることにまるきり引け目を感じていない、当然の如《ごと》く住みついてる居候なのだね、猫というのは。

猫と人間とがいかに対等であるか、今一つ付け加えるなら、たとえばうちの猫などは私のことを母親だと思っているふしがある。

動物学者によれば、ライオンが腹を見せて、つまり仰向けに寝ることは非常に稀《ま》れなのだそうで、それはどういうことかというに、動物が他の動物を食べる時、真っ先に食べるのは内臓なのだね。それ故《ゆえ》、腹を出して寝るなどということは実に危険だということになる。危険だからやらない。ほとんどそういうことはやらない――のでありますが、ただ母親といる時だけは別なのだという。

母親に対してだけは無警戒に腹を出して寝そべるのですね。

うちの猫はどうか。

私といる時には、遠慮なくコロリと仰向けになってみせるのでありまして、ということはつまり、猫も一種小型のライオンであると考えるなら、私の猫は、つまり私のことを母親だと思っているということになるじゃありませんか。

やはり猫はわれわれのことを同族だと思ってるんだね。ついに私は母親にされてしまった。いや、されてしまったなんて迷惑そうな顔をしてみせることはない。仰向けになったコガネのおなかの毛を分けて蚤《のみ》など探しながら、私は「母親としての喜び」にひたっているのですから。

盃《さかずき》と箸《はし》袋

私　お酒の飲み方についてわかんないことがずいぶんあるんですが――ええと、まず盃の持ち方なんていうのはどうなんでしょう

山口（再び山口瞳《ひとみ》さんに礼儀作法について伺ってるのです）ンー、盃の持ち方ねえ――

私　言葉だけではたいへん説明しにくいと思いますが

山口　説明しにくいんですけどねえ――

私　まず右手の親指と中指で盃を持ったとしてですね――

山口　ええ、つまりねえ――ンーと親指が手前がわ、中指が向こうがわですよ。そういうふうにして、ンーと、その直径のとこを持つわけですね、いちばん太いところ――そうしてですねえ、親指と中指のォ、あいだのところの空間から飲むんですよ、

こういうふうにして——

私　ははあ、つまり、親指をなめるようにして飲むんじゃなくて——落語では親指をなめるようにしますね、酒飲むとき——ああじゃなくってェ——ええと、全然指の触れてないとこですな？

山口　ええ——よくホラ、外国の女の子なんかがスープなんか飲むときにね、スプーンを縦に使うじゃありませんか、だいたいあの要領ですね、つまり、見た目がきれいなんでしょうかねえ——注ぐときも同じ要領ですね。手酌で飲んでるときのあの注ぎ方ね

私　ただ徳利を普通に持って、それを傾ければいいだけですね

山口　ええ、ただ倒せばいいんで——これをこうねじったりなんかすると安待合いという感じになっちゃう（笑）

私　よくビールなんか注ぐとき、こう縒《よ》るような工合にして注ぐ人がいるじゃないんですか

山口　両手で持ったり——

私　昔キャバレーの広告にありましたね、当店はビールを両手で注ぐような純情な子ぞろいです、とかって——

山口　いちいち言い訳する人がいるね、「熊《くま》のような手で恐縮ですが」（笑）とかね、「私はビールの注ぎ方知りませんから」とかいいながら注ぐ人とか——あれ、うるさい感じですねえ——どうでもいいいんじゃないですか。まあ、知ったうえでねえ、知らん顔してりゃいいんですからねえ

私　ついでにいうと、酒飲みのことを左ききというところから、盃は左手で持つもんだと思い込んでる人がいますが——あれはそもそも江戸時代の大工さんの隠語なんだそうですね。つまり右手に槌《つち》を、左手に鑿《のみ》を持つわけでしょう、大工さんというものは。そこで右手を槌手、左手を鑿手といったわけで、それでまあ飲み手、つまり酒飲みが左手、左ききというようなことになった——と、そういうことを瀧川《たきがわ》政次郎さんが書いてらっしゃる。盃を右で持とうが左で持とうが、要するに酒飲みは左ききなんですね

山口　ああ、そうですかねえ——ともかくどうでもいいんですね（笑）——とられてる人というのは、なんか哀れな気がしますね、自然でいいんですよ、ほんとに

——

私　箸袋なんてのはどうですかね

山口　箸袋ねえ——ンー、あれは中華料理なんかでやたらと分厚いのがあるじゃな

いですか。あれがテーブルの上にあると、これは相当なスペースよ（笑）――ンー、あれをみんなどうするかと思って見てるとおもしろいね、あれをたたんで箸置きを作ったりする人いるね、わざわざ別の箸置きね、ちゃんと自分のあるのにね（笑）あれはね、正しいのはね、くしゃくしゃにしちゃってふところへ入れてしまうのが正しいんですね、ポケットへ――つまり捨てちゃうというかなあ、それを仮にポケットへしまっておくというのが正しいんだそうですよ

私　ふうん、わかんないもんだなあ

山口　私の友達でね、あの箸袋の裏にその時の献立を書くのを癖にしてる人がいるんですよ。するとたとえば田舎へ旅行したときなんかね、そこへ書くわけですね、そうすると非常に思い出になったりね、それに、あの土地でなに食べたってのの忘れることありますよ、九州で出たおさしみはなんだったか、とかね――まあそんなふうに使ったっていいじゃないですかね

薯焼酎《いもじょうちゅう》

私の目の前に、今一本の薩摩《さつま》焼酎の壜《びん》がある。壜のラベルに書いてある文字を読んでみようか。

ええと――登録商標、さつま白波――シラナミ――薩摩酒造株式会社醸、鹿児島県枕崎《まくらざき》市西鹿籠《にしかご》――焼酎乙類、アルコール分二十五度以上、二十六度未満――大蔵大臣承認――本格焼酎――名声四海に轟《とどろ》く、と、こんな工合になっていますねえ。

ちょっと飲んでみよう。

ええ、コップでいいんでしてね、このコップに――こうやって、と――こうやってドクドクドクっと、焼酎を半分くらい注ぎましてね――その上に――よいしょっと――これ、魔法壜、中は熱湯ですよ――これをですね、オットットッと――こうやって熱湯でちょっと割るんですね。ええ、普通七三くらいに割るわけです、ね？　勿論《もちろん》焼酎の方が七ですよ。さて、と、これを飲む。

…………

プフワァーッ

いいですねえ、どうも。

ツルっと飲めてしまうんだから。こりゃどうにも結構なんだな。

これが一升五百円くらいですかね。鹿児島の人はこれしか飲まない。私の友人が鹿児島で教師をしておりますが、商売柄、なんというか、物をよく貰《もら》う。上等の洋酒や、特級の日本酒なんぞをのべつ人が持ってくるらしいんだが、これがみんなそのまま埃《ほこり》をかぶっているという。他県の人でも来ない限り飲み手がないというんですねえ。

ちょっと失礼してもう一杯飲むかな。

…………

ヒヤァーッ、どうにもいい。

これね、この頃はあんまりやらないらしいけど、以前はよく密造したものらしいですね。うちへ来る漢方の先生がやっぱり薩摩でしてね、学生時代には、この密造酒をよく飲んだらしいんだが、その話を聞いてみると実に簡単なものなんですね、焼酎の作り方なんていうものは。

まず、こう、支那鍋《シナなべ》を大きくしたような形のですね、さしわたし一メートル以上もあるような鉄鍋を火にかけて薩摩薯を煮るわけだ、ね？　で、どろどろになったところへ糀《こうじ》をいれて、これを山の中の、藪《やぶ》っていうんですかね、雑木や灌木《かんぼく》の繁《しげ》ったところへ隠しておく。

え？　いや、勿論《もちろん》見つかったら罰金ですからね、そのために隠しておくんですが、この状態の時の鍋の中身なんていうものは、これは見られたものじゃないらしいですな。つまり薯が腐ってどぶろく状になった感じとでもいおうか、ともかく二た目と見られない状態のやつを山の中に放っぽっておく。

そのうち、発酵がうまい工合に進行した頃合いを見計らって、今度はそれを大釜《おおがま》に移して家に持ち帰り、竈《かまど》にかけて火をどんどん燃やす。

すると湯気が出るでしょう？　ね？　この湯気こそが焼酎なんだから、これを逃がしてはならない。大きな桶《おけ》のようなものを逆さにしてお釜にかぶせ、これで湯気を摑《つか》まえる。

ところが、この桶と見えたものが、実は自家製の蒸溜器《じょうりゅうき》でしてね。中に竹パイプがこう、仕組んであるらしい、外から見ると桶の胴体から竹のパイプが一本斜めに突き出してるんですね。

つまり、桶の中で摑まえられた湯気は、竹のパイプに当って雫《しずく》となり、やがて竹の樋《とい》に導かれてツーッと降りてくる段取りになっている。こいつを丼《どんぶり》かなんかで受けたやつが、つまり焼酎の原酒ということなんですねえ、実にこれは簡単無比じゃありませんか。

ちょっともう一杯いくかな。

…………

いやあ、どうもこの、お湯で割るなんていうのは並みの学問じゃあないね。生活の知恵というんでしょうかねえ、実にいいんです。もう、スルスルと飲めてしまう。喉《のど》に抵抗がない。しかも淡泊である。長時間飲んでいても鼻についてこないんです。よく、ほら、日本酒を長時間飲んでいると躰《からだ》全体が中から熟してきたみたいな、やりきれん感じになることがあるじゃありませんか。薩摩焼酎にはああいうことがない。なにしろ軽いんです。甘ったるくないんです、妙にべとつかないんです。従って酔い心地も軽い。なにかこう、躰がふわりと浮き上がる感じなんです。

そうして——これが薩摩焼酎をして世界一の酒たらしむる所以《ゆえん》なんですが——二日酔いをしないんです。酔いが翌日に残らないんです。これはすごいことじゃありませんか。

薩摩焼酎を飲んだ翌日の目覚めというものは、まあ、たとえていうなら、高校時代の目覚めなんです。われわれくらいの歳《とし》になってまいりますと、全く酒を飲まずに寝ても、朝の目覚めというのは、爽《さわ》やかなものではなくなってしまっている。なにか頭が重い、目が痛い、胃に不快感がある、手足がだるい、というのが恒《つね》である。

つまり、そこなんですよ、薩摩焼酎のいいところは。飲まないで寝た日よりも、飲んで寝た日のほうが爽やかに起きられるという、この神秘、ですねえ、これを是非味わっていただきたいと思う。

ちょっと、もう一杯いくね。

…………

でも、この、薩摩焼酎だってね、欠点が無いわけじゃないよ。

第一にどこにでも売ってるものじゃないから、手に入れるのが面倒臭い。

次に、焼酎が癖になると他の酒が飲めなくなってしまう傾向がある。そんなこと構わんじゃないかと思うのは思慮が足りないんだな。外で飲む時どうする？　薩摩焼酎を置いてる店などというものは東京にだって数えるほどしかないよ――といって一升壜を下げてバーへ行くわけにもいかぬし――ともかくこれが予想外に困る。

次に、焼酎は食べ物を限定する。日本酒のようになんにでも合うということにはならない。焼酎で白身の魚の刺し身なんていうのは一向に旨《うま》くもなんともないね。一体焼酎にはなにが合うのか？　薩摩揚げが合うんですよ。よくしたもんですねえ、薩摩焼酎に薩摩揚げ、これ以上の組み合わせは考えられぬ。

さて、と、もう一杯やりまして、と――

…………

いやあ、この間は吃驚《びっくり》したなあ、あのね、美人を二人連れて海へ行く、ということになったもんでね、それじゃあっていうんで、焼酎の壜と、魔法壜に熱湯詰めたやつ、それを抱えて車に乗ったわけだ。ね？　後ろに美人二人、前に私と運転手さんが乗って家の前を出発したわけだ。

ああ、もう出発するなり飲み始めましてね、何杯目かを作ろうとしている時、後ろの美人が話しかけてきたんだね。ついそっちに気を取られて手元がお留守になった途端、車が揺れたのかね、魔法壜の熱湯がざぶりと内股《うちまた》にかかった。いやあ、熱いったってなんたって跳び上がるほど熱いんだが、なにしろ車の中だから跳び上がれない。

一声ワッと叫んだきり私は腰を浮かせて躰を反らし、ちょうど座席に丸太でも立てかけたような姿勢のままでぐっと痛みを怺《こら》えましたね。なにしろあなた、左手に熱湯のはいった魔法壜を、蓋《ふた》の開いたまま持っているから急には動けぬ。まず右手で腿《もも》に張りついて湯気を立ててるズボンを皮膚から剝《は》がして多少の凌《しの》ぎをつけ、ついで魔法壜の蓋を探して安全なところに立てかけ、ズボンを——なにしろ美人が乗ってるので脱ぐわけにもいかん、そっと引っ張ったり吹いたりして熱をさます。

やっとその頃になって美人たちも騒ぎ出して「大丈夫？」とか「脱いじゃいなさいよ」なんていってるわけなんだが、これこそ自業自得《じごうじとく》なんでね、仕方ないから涼しい顔して「ああ大丈夫」なんていってるけど、いやあ、ほんとに熱いもんだね火傷《やけど》っていうものは。

まあ幸い危いところで急所は免れたけれども、それから海までの長いこと長いこと。車がスピードを出すと風が当って多少痛みがやわらぐんだけど、そういう時に限ってまた車が延延とつながっちゃって、ちっとも進みやしない。実際、あの、町中を走ってる車の中には、どういう事情でどういう人が乗ってるかわからんもんだよ。焼酎を飲もうとして火傷した男が、脂汗《あぶらあせ》を流して痛みを怺えながら車に乗ってるというケースもあるんだからねえ。

あの時は、流石《さすが》に禁酒しようかと考えたけれども——え？　いや冗談じゃない、しませんよそんなもの。考えただけ、考えただけ。

直立猿人の逆襲

「直立猿人が増えつつあるというね」

「直立猿人が？」

「うん、なにしろ非常な繁殖率だというよ。どのへんで繁殖してるのか、私はよく知らないが、なんでも中部地方に奴《やつ》らの巣があって、そこで増えたやつが東京へ流れこんでくるらしい」

「流れこんでくるって、それで連中はなにをやってるんだい？」

「なにを企《たく》らんでるのかねえ。なにしろ相手は猿人だからねえ。私にも皆目見当がつかないけれども、なんとなく穏やかでない気配であることは確かだ。昨日も私は見たけど——」

「見たって、猿人を？」

「そうだよ、なにを驚いてる」

「だってぼくはまだ見たことないもの、直立猿人なんて。よほどあなたは運がよかったんだよ、それは」

「そんなことはない。あれだけの数にまで増えてるのに見たことがないなんていう、きみのほうがどうかしてる。きみ、ほんとうに見たことないの？　猿人たち」

「ないなあ。だってどういうところにいるのさ」

「どういうとこったって、大通りを群れになって走りまわってることもあるし、町なかの空き地なんかで大勢集まってることもあるし」

「だって、そりゃずいぶん危いじゃないか。いくら猿人だって、人間じゃないんだからなあ。連中は人間に危害を加えないの？」

「加える、加えないの段じゃない。毎日何人もの人が殺されてるらしいよ。通りがかりの人が狙《ねら》われるっていうね。なにしろ、きみ凄《すご》い力だろ。一撃で即死、運がよくて片端《かたわ》だそうだ。いつだったか、ぼくは子供がやられるのを見たが、そりゃあ無残なものだった」

「子供を殺すのかい。ずいぶんむごたらしいことをやるなあ」

「子供は特に狙われるっていうよ。なにかこう、小さくてちょろちょろしてるのが、やつらの目につきやすいんじゃないか？」

「恐ろしいことだねえ」

「恐ろしいと思うよ、私も。結局、文明が高度に発達してくると、必ずこういう陥穽《かんせい》というものが待ち受けているんだろうねえ。直立猿人なんていう下等なものの逆襲を受けねばならない」

「直立猿人の逆襲、か。なんだか怪獣映画の題名みたいだなあ」

「ともかく、私の家なんか、ちょうど猿人たちの通り道になってるらしくて、夜なんか、やつらの唸《うな》り声やら遠吠《とおぼ》えがうるさくて眠れやしないよ」

「えらい世の中になったなあ」

「末世、っていうんだろうねえ。浅間しい話だよ」

「結局、われわれ人類としては、なんとか最後の知恵を振り絞って、猿人どもを完全に人間の支配下に置くようにする以外、手がないんじゃないの？」

「そういうことだろうね。そもそも猿人たちだって個個には実に愛すべきものなんだよ。現にうちにいる猿人なんか——」

「うちにいる猿人？　きみ、きみはまさか——」

「そうなんだよ。ある人から譲り受けて、うちに置いてるんだが、なかなか忠実なも

人生の後半にさしかかって思う。

人生後半においては、これまで育《はぐく》んできた頑固さを、絶えずぶち壊すことが一番大きな仕事になるのではないか、と。

そうして、ぶち壊してもぶち壊しても最後まで壊れずに残る「なにものか」――そういう「なにものか」が果たして存在するか否《いな》かは知るよしもないが――それは一体私の場合何なのか？　まあ、それが知りたくて生きてるようなもんじゃないですか、お互いに、ねえ。冒険じゃない人生なんて生きるに価《あた》いしないじゃないですか――人生をして刻刻の冒険たらしめよ！――

ア、運転手さん、砧までおねがいします――ン？　いや、道はまかせますから……

運転手の論理

「女の客はイヤだねえ。一方通行の狭い路地なんかの場合ね、かならず『入ってください』なんていうでしょう、それで、入って見りゃあ十メートルもないトコなんだよな、どうしようもないよ。おかげでこっちゃあ、ずうっと向こうの出口まで行ってさ、大損。歩きゃあいいじゃないの、ねえ、十メートルやそこら。『足たいせつにね』なんていってやったけど、ヤロー振り向きもせず、ドンドン家ん中へ入っちまいやがんの、これでもう、その日一日じゅう気分悪いもんね」

「百三十円区間の時なんか、細かいの持って乗ってもらいたいよね、千円なんか出されちゃあ、こっちも白けますよ。深夜なんかね、乗車拒否の多い中をだよ、まっとうにアンタ、ねえ、せっかくちゃんとサ、近いのにのっけてやったんだから。それで、ハイなんて千円出されると、つい、カッとしちゃうんですがね。いや、カッとする理屈は別にないっていやあないですよ、だけどアレだね、やっぱし、おもしろくないもんねえ。なかにゃあ一万円なんてのもあるしね、このあいだなんか、一万円出した客に大声で文句いったら、投げつけてきやがってサ、その一万円。こっちも銭《ぜに》が銭だからねえ、ビックリしちゃって、ポヤンとしてたらね、サッと降りちゃって向こうへ行っちゃうんだよね。逃げたねえ、気の変わんないうちにと思ってさ。さぞかし、あとで悔やんでると思うと、おもしろくなってね、口笛なんか出ちゃうワケよ、ハシタナイもんだね運転手なんて、アハハ。やっぱし、人間、めったに怒っちゃあダメなんだね、損するよきっと、そういう、何ていうの？　短気なヒト」

「近道なんか変に知ってやがって、ヤレ信号曲がって、すぐ左の一方通行入れだの、とにかく、うるせえ野郎がいるからねえ。ぼかあ、いちばん頭へくるねえ、そういう知ったかぶりをする人間。こっちだって商売だからね、いってやったんですよ、『お客さん何の商売か知んねえけど、オレは運転手だよ、運転手っていやあ、道を探す専門家だってね、ぼくがお客さんの仕事に口を出しましたか、じゃあアンタもこううるさく道のことについて、ぼくに指図するのはやめてくれ』ってね、まあ、ちょっとね、ぼくの場合は極端かもしんないよ、何しろ、ホコリ持ってるから。東京二十三区どんな小さな路地裏でも知り尽くしてやろうって思ってますからねえ。目標だけいって、あとはお客さんはねててもいいっていう、そういう運転やりたいねえ、ぼかあ」

「腹の立つこと？　そうねえ、よくありますよ。だけどキリないですからねえ、なるべく腹は立てないようにしてんですよ、エエ。でも、ときどきね、ありますよ、腹が立つっていうかイライラする時ね、えーとねえ、たとえば？　そうねえ、あ、こういうときは、イライラしますねえ。女のお客さんに多いんですがね、料金払うとき、アタシがアタシがって両方で払いたがっちゃってね、ゆずり合うのかな、いや、出しゃばりたがるんですね、けっきょく。それで延延とやられちゃうと、ほんとうに、どっちでもいいから早く払ってくださいって、いいたくなりますねえ、でも、いわないんですよワタシ。ジット待ってますがね、ジレますねえやっぱり、ええ、メガネかけた中年の女の人同士でしたよ、ああいうのは、亭主もクタビレルだろうなあ」

「夜だねえ。新宿なんかから、酔っ払ってね、中年の、会社の上役かなんかでしょうね。これが若い女連れてね、え？　バーのホステスか会社の従業員かわかんなかったですよ、イチャイチャしてましたがね、ずっと。そのうち、どうもうまくいかないんですなあ、その女の子がプイとしちゃってるんですよ。そうなりゃあきらめますわねえだいたい、それがシツコイおやじで、しまいにゃあピシャなんてやられちゃったですよ、そのおやじ。そうしたら、とんでもねえ、こっちへトバッチリがきちゃってね、料金払わねえって、どなるんですよ、この女に払わせるからオレは降りるって、降りようとするもんでね、女もビックリしたらしいですよ、だって、五日市街道を、もう相当きちゃってるでしょう、女だって払いたくないもの、そんな大金。二人とも払わないなんていうことになったらたいへんだと思って、交番へつけちゃったですよ、そしたら払いましたがね、そこまでの分。あのあと、どうなったのかなあ……まあ、どうでもいいけど」

「行き先やたらと変えるのがいるんだよね、池袋行ってくれなんていってさあ、あっ新宿でいいわ、なんてね。まあ通り路《みち》だと思って新宿向かうと、やっぱり池袋にしようかしら、なんていうんだよね。お客さんはっきりしてくださいよっていっても聞いてないからね、それでしばらく行くと『運転手さん赤坂へ戻れる？』なんていうんですよ。もう降りてくださいよっていってやりましたがね、ええ、降りてキョトンとしてましたよ。わかんねえんじゃないかな、なんにも。でっかいクマのぬいぐるみ持った女の子でしたよ」

「何回買い物するかわかんないんだよ。それも、タクシーの窓から、くだもの買ったり、お菓子買ったりね。『包んでくださる』なんていってるんですがね、何だか、こっちはおかかかえ運転手みたいですよ、ほんとに。いやだねえ、ああいうの、成金趣味っていうんだろうなあ」

「女の子はダメだね、運動神経っていうか、反射神経が鈍いんじゃないか。オレいつも頭へくるんだけどね、バーッと行くでしょ、そうすると『運転手さんここ曲がって』っていうんだけどね、おそいんだよね、タイミングが。いつもバックして曲がり直すんだよ、そうすると、また次のとこで『運転手さん、ここ曲がって』またバックでしょう。これ二、三回やると頭がおかしくなるからね、アレでしょうけどね、女の子ってのは、カラダが違うから、生理的にね、ま、ムリないんだな、もともと、生理的に違うからなあ……」

「頭にくること？　ないね、ないよ。あのねえ、おかしいんだよだいたい、頭にくるってことが、うん。同じ人間じゃないんだから。いや、同じ人間じゃないっていうよりねえ、運転手を人間だと思うから間違っちゃうんだよ。いや、人間じゃないよ。運転手なんて、自分でそう思うもん」

「なぜ？」

「だってさあ、この東京でだよ、一日じゅうエンジンのかかった車の中にいてさあ、別に縁も由緒《ゆかり》もない人相手にだよ、自分の利益考えてんだから。ぶつかりゃ死ぬかもしれないしさ、人間だと思うのがおかしいんだよ」

「そういう意味でいえば、世間の人はみんな人間じゃないっていうこともできるでしょう」

「そりゃそうだけど、そのなかでね、いちばん低いんじゃないの、昔からいうでしょう、車夫馬丁の類《たぐい》なんて、じっさいそうだもの。ワタシはそのうち運ちゃんから足を洗うつもりですよ、え？　個人タクシーの免許取ってね、車夫馬丁を使ってのんびりと余生をね、過ごそうと思って。それまでは、必死ですよ、何でもやるんだから、悪いこと」

「悪いこと？」

「乗車拒否とかさあ、銀座—赤坂千円とかね。それからポン引きの手助けだってやりますからねえ、人間じゃないですよ」

「人間じゃないって話はよくわからないけど、そうすると、そうやってずっとコツコツやってる間は人間じゃない守銭奴《しゅせんど》みたいになって生きるワケ？」

「そうね、まあ、そうだね。守銭奴なんていうとカッコイイけど、そんなに大金持ってるワケじゃないからね、でも、そうだね、だから、やっぱり、人間じゃないんだよ――」

「あなたはそうだけど、ほかの人は違うかもしれないでしょう」

「おんなじ！　人間はみんなおんなじだよ、変わった人間なんていないよ――」

「そうすると、みんなおんなじ『人間』になるでしょう。そしたら、運転手もお客もおんなじ人間じゃないの？」

「あんた、見てないんだよ。ワタシは運転手の悪いやつ、いっぱい見てるからね、理屈じゃないんだな、ちょっと」

「うちは無線やってるんですけどね、待たされると、何ていうか、イライラしますねえ。それが、一時間くらい待つ時もあるんですよ。チケットのお客さんっていうのは、何だかエラブッテルみたいに見えるんですがねえ、『少しつけとけばいいだろ』なんていってね、つけてもらうのはけっこうですけどねえ、どうせ会社の金だと思うと、こっちも、ありがたみが薄いような気がしますねえ。恩着せがましい感じが多いですよ。チケットのお客さんは。でも、やっぱり、そこらの個人タクシーとかちっぽけな会社と違って、看板しょってますからねえ、できるだけ怒らないようにしてますよ、ええ、なるべく、がまんするように、ええ、してるんですよ」

「あれは頭にきたなあ。いやね、第三京浜へ入ってくれっていうんでね、入ったんですよ、そうしたら、入ってちょっと行ったとこで『ここでいい』って止めるんですよ。ここでいいったって、どういうわけだろうと思ってるとね、要するに、アレなんですよ、第三京浜の途中から土手のぼって下りたところが、そのお客の家なんですよね。だけど、ここでいいったってねえ、こっちもドギマギしちゃって、ともかく高速料金と料金もらって降ろしたんですがね、ボクもボーッとしてたんですけどね、お客降ろして走り出して気がついたんですよ、戻るに戻れないわけでしょう、出口まで行って高速料金払って帰ってきちゃったんですよ、深夜だったからなあ、頭がちゃんとしてれば帰りの高速料金くらいもらっといたんですがねえ。悪質な客だったなあ、アレは――」

「曲がりくねった道なんか走るとダメなんだってね、酔っ払ってる人、吐き気をもよおすらしいんだよね。だからさア、最初にいやあいいんだよ、静かに走ってくれって。何いっても黙っちゃって、バカに静かだと思うと、がまんしてたんだよ、吐くのをね。キュッなんて信号で急停車した途端に、バッとやられちゃってね、座席がぐしょぐしょに汚れちゃってさア、そりゃ、洗い代もらうけどさア、いやんなっちゃうよ、商売したくなくなっちゃうんだよね、明け方でさア、もう少しだっていうのに、まったくケチがつくよ。でも、酔っ払いってのは、おかしなもんでね、夜なんか真っすぐの道走ってると怒るヤツがいるんだよネ、早く走れって。早く走ってますよっていっても信用しないんだよ。それで、曲がりくねった道走ってやると、安心してんの、ああスピードが出た出たってね、ほんとうは真っすぐの時のほうが早いのにね。あれ、錯覚なんだよな。ま、そうかと思うと曲がりくねった道で吐く客がいたりとか。まあ、いろいろですよ」

「無線で呼ばれてですね、アノ、バーなんかへ迎えに行くワケですよネ、迎車の札立てて。ところがですね、バーが二階なんかの時ね、二階まで迎えに行くでしょ、運転手ですけどっていってね、そういうとき困っちゃうんですよね、酔っ払ってるでしょう相手は、『まあ一杯やれよ』なんていってなかなか出てこないんですよ、下で待ってて、やっと出てくると、女の子やなんかがワイワイ取り囲んでですね、車へ乗ってからも握手したりなんかして、なかなか発車できないんですよね。それでですね、発車してから『お客さんモテますねえ』なんてイヤ味いうと、『うん？　いや、なになんていってブスッとしてたかと思うと高イビキですよ、バカバカしくてねえ、こんな時は、まあ、腹が立つってほどじゃないですけれどもですねえ」

「いや、私もねえ、貧乏してますけどね、いや、女房と子供二人いるんでね、ええ、わりと苦しいんですよ、でも、ときどきね、私より貧乏な人が乗ることがあるんですよね、連れてる子供に『お前十円ある？』なんて聞いて、五円玉の混った百三十円なんか受け取ると、複雑な気持ちになっちゃってねえ、イラナイっていう言葉がノドから出かかりますねえ、ええ、でも、いっちゃあいけないと思ってね、いっちゃあ余計かわいそうみたいな気持ちになっちゃってねえ、まあ、もらうんですがね、そういうとき、なんかこう、社会に向ける怒りっていうようなモノが出てくるんですよね、不思議なもんですよ、じっさい。そのつぎ乗った中年の成金オヤジみたいなのに、八つ当りしたりね、これもよくないですよ、ほんとに」

「あなたがタクシーの客になったことはありますか？」

「それなんですよ、困りますね、いや、何を困るっていって別にこれこれってことじゃないですけどね、困るんだよ——。運転の仕方とかさァ、道の聞き方とかネ、いろいろ気になっちゃって、困るんですよ、ほんとに。てめえのアラが見えちゃうような気もするしネ、客のイライラする気持ちがわかるような気もするし、まあ、でもネ、いわないことにしようかな、やっぱり、いわないほうがいいな、え、まあ、仲間に対する仁義だな、仁義ね。とにかくねえ、仲間の足ひっぱっちゃあ、後味が悪いからね、客の中でもさァ、仲間の足ひっぱるようなヤツが多くてね、そういうとき思うんだよ、こいつは小物だなってネ、うん、やっぱり、いっちゃあいけないってこと、あるんだね、世の中には。やっぱり、仁義かなあ——」

地震のない国

しばらく田園風景の中を走ったあと、車が町にさしかかる。

ここはなんていう町だったかな？　つい標識を見落としちゃったらしいが、でも、ま、いいや、どうせどこかの店の看板に町の名前がはいってるだろう。

なんとか商店なんとか町営業所、とか、なんとか銀行なんとか支店、とか、でなくても、たいていの店の看板には、屋号の下に、なんとか市なんとか町、電話なんとかの一二三四、みたいなことがちゃんと書いてあって、とにかく町にはいって百メートルも走れば、その町の名前くらいは絶対に判断できるものである。

「われわれの町では、旅行者の目につきやすいようなところには、絶対に町の名を大書しないことにしよう。車などで通り過ぎる連中は、看板やネオン・サインによって、われわれの町の名を安易に教えられているのだ。われわれは、彼等のしたり顔をこれ以上許しておいてはならない。すべての看板、広告、屋号から町の名を抹殺しよう」

もしも、こういうことを申しあわせて、それを実行している町があったとしたら、この町の人人はよほど臍曲《へそ》りであり、少くとも断然陰険な人人ということになるだろう――われわれの常識では。


ヨーロッパの町町というのは、そういう意味で断然陰険である。

なにゆえかは知らぬ。ただただ彼らは頑として町の名を掲げようとはしないのだ。たとえばレストランの名にしても、シェ・ポールとかシェ・メルシェとか、個人の名前を打ち出しているのは目につくが、シャンゼリゼ食堂とか、レストラン・パリ、とかいうのが、実に絶えて無いのである。

意識の拠《よ》り所が違うのだろうか。つまり、日本人というのは自分を縦の構造の中で捕えようとする人種である、という。

「俳優のイタミです」

という工合に、横の連帯ではこない。

「なんとか映画株式会社のイタミです」

ということになる。

こういうメンタリティが、骨までしみ込んでいて、それが看板に町の名を知らず知らず書き込ましてしまうのであろうか。屋号に町の名を織り込ませてしまうのであろうか。


「キノウ、地震アリマシタノ、アナタ知ッテマシタカ？」

「うん、軽く揺れたようでしたな」

「イヤ、イヤ軽クナイヨ。ワタシコワカッタデス」

「でもねえ、ワンさん、地震のひどいのっていうのはあんなもんじゃないよ。ほんとに立ってられないくらい揺れるんだから。去年だったかな、ぼくは地震で有名な町へ行ったんだけど——」

「地震デナゼ有名デスカ、ソノ町。大キイ地震アリマシタカ？」

「大きいとか小さいとかより、なにしろ年中地震があるんだね、つまり——」

「オオコワイコワイ。私イヤネ、ソウイウ町。ソノ町ハ、人住ンデマセンデショウ？」

「いやいや、住んでますよ。大きなビルが傾いて建ってるのを見たけど、そういう中でも人人はちゃんと逃げ出さずに暮らしてましたよ」

「ドウシテ逃ゲナイノ？　アブナイデショウ。イマニ大キナ地震キタラドウシマス？」

「いや、来るとわかってても逃げないんですよ、日本人は」

「ドウシテ逃ゲナイ、私ワカラナイ。ソウイエバ私読ンダコトアリマス。海ノソバノ小サナ村デ、何年ニ一ペン、大キナ波――ナニイイマスカネ、日本語デ、大キナ――」

「津波ですか？」

「ソウソウ、ソノ津波クルネ、ソノ村。何年ニ一ペン必ズクル。クルコトワカッテテ、ダレモ逃ゲナイ。逃ゲナイカラ津波クル、タクサンノ人死ニマス」

「しかし、故郷を引き払って、どこかで新しい生活を始めるというのは、大変勇気もいるしお金も――」

「勇気トイウノオカシイヨ。死ヌホドアブナイトコロニ住ム、コレ勇気イリマス。ソノ勇気アルナラ、新シイ場所へ移ル、ナンデモナイヨ。ナゼ地震アルトコ、津波アルトコニ住ミマスカ。火山ノ下ニ住ンデル人、台風デ水出ル、ワカッテテ、ソコニ住ンデル人、コレオカシイ。日本人イノチ惜シクナイノデスカ？」

「勿論《もちろん》命は惜しいよ。だけどねワンさん。日本の中で地震も津波も洪水も火山の爆発もないとこなんてありゃしないよ」

「ソノ考エ方セマイデスト私思イマシタ。イタミサン、戦争起コルト思イマスカ？」

「わかんないよ、そんなこと、ぼくには」

「ジャ起コラナイトイイキレマスカ？」

「そりゃ、いいきれない」

「ジャ、起コルカモ知レナイワケネ。モシ戦争ナッタラドウシマス。東京トテモアブナイヨ。水爆落チタラ皆死ンデシマウ」

「しようがないじゃないの、そんなことといったって。そうなったら、好きなひとでも抱きあって、静かに死を待つよ、私は」

「シヨウガナイコトハナイデショウ、イタミサン。ソノ考エオカシイネ。私、イロイロシラベマシタ。次ノ戦争起コッタラドコガ安全カ」

「ほう、どこです？」

「カナダデスネ。イロイロ理由アッテカナダ一番安全ネ。イクラ安全デモ山ノ中イッテシマッタラ商売デキナイネ。商売デキテ安全ナノハカナダ。ダカラ、私カナダニ土地買イマシタ」

「もう買っちゃったの？　そりゃまた随分……」

「イヤイヤ、決シテ早クナイネ。ホンコンノ金持チ、今、ミンナカナダニ土地買ッテル。早クシナイト土地値上ガリスルヨ。イタミサンモ土地買イナサイ。カナダ一緒ニ行コウ。死ンデシマッタラ、オシマイヨ」

ワンさんのカナダの店は、やはり「北京《ペキン》大飯店」ということになろうか。

郷土愛というものの現われかたは、全く多種多様という他ない。

香水

パリでお土産屋をやっているL…氏から、若干耳の痛い話を聞きました。今回はその報告です。

コノ頃、日本ノ人、ヨク旅行シマスネ。ソシテ、日本人ハ、旅行スルト、オ土産ヲ買ッテ帰ル、モーレツナ、習慣ヲ持ッタ人種デスネ。ソコデ、パリノ、私ノ店へ来テ、日本人ノミナサン、イイマスネ。一番高イ香水、二十個クレ、イイマスネ。

ソウスルト、「ジョイ」ナンテイウ香水アリマスヨネ。大変高イ香水デスネ。コノ、「ジョイ」ガトテモヨク売レマス。ダレモ、匂《ニオ》イ嗅《カ》イデカラ買ワナイネ。高イカラ買イマスネ。

ソレカラ、モット高イ香水デ、「バル・ア・ヴェルサイユ」テイウノアリマスネ。コレ、トテモ古イ匂イデスネ。モウ、ヨーロッパデ、コンナ匂イ使ッテル人、ホントニ少イデスネ。コノ、古イ匂イノ、一番イイオ客サマ、日本人デスネ。大体コウイウ匂イハネ、モウ古イノヨ。過去ノ匂イデス。ダケド日本ノ人ソンナコトワカラナイデス。日本ノ人、マズ高クテ有名ナ物ニ惹《ヒ》カレマス。私ハコレダ、イウコト、アマリイイマセンデシタ。

モチロンネ、「ジョイ」ダッテネ、「バル・ア・ヴェルサイユ」ダッテモネ、専門的ニイエバ、トテモバランスノトレタ、ヨクデキタ匂イデスケドモネ。今ノファッションニハ合イマセンネ。

最近ノ傾向ハネ、「ミス・ディオール」以来、青イ匂イ、トイイマスカ、ソウイウノが流行《ハヤ》ッテイマスネ。「カボシャール」モソウデスネ。一番最近出タ、「シャネル」ノ十九番モソウデスネ。コレモヤッパリ青ッポイデスネ。

青ッポイッテ、ドンナ匂イ、イワレテモネ、匂イ説明スルノムツカシイネ。英語デ「グリーン・ノート」イイマスケドネ。ナンテイッタライイカナ。クールナ感ジ、イイマスカネ。「マダム・ロシャス」モソウデスネ。「ウッディ・ノート」ト、「フレッシュ・ノート」ウマク使イマシタ。「エルメス」ノ、「キャレーシュ」モ、ヤッパリ新

EAU DE
JOY
JE TOU

シイ匂イデスネ。

日本ノ人、今デモ、相変ワラズ、甘イ匂イ好キイウノハ、ナゼデショウカネ。東京ノ空気イウノハ、エート、「ポリエ」シテルイウノ、ナニイイマスカネ日本語デ。汚染ノ空気イイマスカネ。ヨーロッパカラ来タ時、私、ビックリシテアットイイマシタネ。空気ニ匂イアリマシタカラネ。

コンナ空気ノ中ニ住ンデルンダカラ、モット青イ匂イ、好キニナッテモイイデスネ。青イ匂イ、フレッシュデスカラネ。モウソロソロ、「ジョイ」「タブー」卒業シテイイデスネ。一番高イノ二十個、イウノ、モウヤメタホウガイイネ。

デモ、日本ノ人、ナンデモソウネ。「パテック」イウ時計アリマスネ。イイ時計デスネ。世界一イイ時計カモ知レナイデス、ト私モ思イマシタネ。デモ、世界一高イデスネ。コレ、日本ノ人買イマスネ。「ピアジェ」イウ時計モアリマスネ。コレモ高イデスネ。コレモ日本ノ人買イマスネ。

日本ノ人、トテモオモシロイデス。ト思ウノハ、旗振レバミナツイテ来マスネ。「ピアジェ」イウト、ミナ「ピアジェ」持トウトシマス。人ガ持ッテルカラ、ソンナノ私ハ欲シクナイ、イウコト、日本人アマリ思イマセンネ。

昔、「オメガ」イイ、イウト、ミンナ「オメガ」「オメガ」イイマシタネ。「ローレックス」ガイイ、イウト、ミンナ「ローレックス」イイマシタ。カメラモソウデスネ。「ライカ」ガイイ、イウト、ミンナ「ライカ」デスネ。ソノウチ、外国人ガ、「ニコン」ガ世界一、イイマシタラ、ミンナ「ニコン」デスネ。「キャノン」ガ世界一、イイマシタラ、ミンナ「キャノン」デスネ。今モウ「ライカ」買ウ、イウ人イマセンモノネ。

ホントニ日本人、オトナシイネ。ソシテ、オトナシイデシタカラ、ヨク働イテ、オ金持チニナリマシタネ。オ金持チニナッタカラ、外国へ来テ、オ土産買イマスネ。ダカラ、私、オ金モウカリマスネ。ハハ、オモシロイデスネ。

ええと、そういうわけで、うちの家内は、もう二年くらいキャレーシュに凝っていてジョイは使っていないのです。なにせ、ジョイなんてのはもう古いからね！（などと、すでに外国人のいうことをそのまま鵜呑《うの》みにしている）

屋台の論理

「ギンナン炒《い》って売ってんですよ。見たことない？　いや、最近ね、わりと多いですよ、こういう飲み屋の多いところはネ。アレじゃないですか、アノー、バーやなんかへネ、コノお土産を持って行くらしいんですよネ、アタシら、ちょっと理解に苦しんじゃうけどネ、まあ、それで食ってんだから文句もいえないけどサ、それでネ、何でもカッコイイお土産らしいんだナ、このギンナンがネ。炒ったギンナンの袋ぶら下げて、ハイお土産！　なんてやってんでしょうネ。屋台？　最近、ウン、ちょっとネ、アルバイトみたいなつもりでやってんですよ、マ、恩師みたいなのがいてネ、働け働けってうるさくてネ、いや、恩師ったって、マージャンの恩師みたいなもんだけどネ、ハハ、うるさいんッすよ、ほんとに。まあ、いいかげんに切り上げたいねエ、屋台稼《か》業《ぎょう》もねエ、ウン、長くやってるつもりは、ありませんねエ、え？　こんなトコでいいスカ？　どうもどうも」

「ンー、このタコ焼きってのはネ、まあ、昔はお祭りや縁日でネ、テキヤが売ってたでしょ、だからネ、おかしなことになっちゃうのネ。お祭りや縁日ってのは、まあ近所の人が出かけたりしたでしょう、そうでなくてもサ、まあ浴衣《ゆかた》着たりして、まあ特別の日だったでしょう、だけど、コレ、いま買ってく人は、途中で食べながら帰ると思うんだよネ、だって家へ持って帰ってったって、冷《さ》めちゃまずいもの、背広着てだよ、カバン持ってネクタイした人がネ、コノ、ポクポクしたタコ焼き食べ食べ帰るんだけどネ、まあ、サマにならないっちゃ、ならないよネ。ここで食ってく人もさア、考酒出すワケじゃないしネ、まあタコ焼きだけ黙黙と食っててね、帰ってくんだけど、考えりゃおかしいんだよ、だって特別の日じゃないもんネ、何？　友だちの？　出世祝い？　アハハ、友だちの出世祝いにタコ焼き食ってネ、アハハ、え？　一皿百円。あたしですか、まあ、イケル口ですねエ、ええ」

「いやあ、学生のときから、ずっとつづいてるお客さん見ると、うれしくってねエ、いい背広着てネ、冗談ぬきに、出世したなアなんて、ええ、思いますよ。山で死んだ人なんかもいたなア、そういうときゃ、冗談ぬき、しんみりしちゃってネ、人ごととは思えないですねエ、シロ五本ネ、塩で、あい、ハツも、あっ、ハツが切れちゃってねエ、あの、このナンコツもうまいすよ、えい、じゃあシロ五本とオ、ナンコツ三本ネ、ナンコツも塩でいいすか、あい。アタシも冷《ひや》専門、アタシが飲むもんだから、店の酒が減っちゃってネ、ダメですよ、いや、どのくらいったって、飲み出すとキリがなくなっちゃうほうでネ、お客さんにもヒドイのがいて、おめえんとこの酒はいくら飲んでも酔わねえから、水まぜてあるんだろう！　アハハ、なーんてね、やる人もいますよ、ときどきネ。でも、おもしろいすネ、いろんなお客さん見てるのは。わかりますよ、アノ、きょうネ、会社でおもしろくないことがあったんじゃないか、とかネ、そりゃ出ますよ、すぐわかりますもん。でも、冗談ぬき、つづくお客はつづきますねエ、ええ、昔からここでやってますよ、そうねえ、十年くらいかな、そう、終電車のお客さんネ、多いすよ、レバお土産に持ってきますネ、だいたい。奥さんにでしょ。あい、ナンコツ三本、先にめしあがってつくだあい、ハイ、カラシ、いや、もう年齢《とし》すからねえ、もう切り上げなくちゃね、からだいうことときかないすよ、だってもう、五十五だもん、定年だよ、アハ、店ねえ……これがまためんどうでネ、からださえききゃあ、冗談ぬき、ずっと屋台引いてたいすよ、酒？　自分でついでください、ええ、ビンから、そのままで、ええ、けっこうです、ごめんどうかけて申しわけありませんけど、アハ、でも気持ちいいでしょう、自分でやったほうが、あのオヤジごまかしやがったなんて思わなくていいから、アハ、あした雨すかねえ」

「早くしろ早くしろって客がいるんですよ、こりゃあ頭へきますよ、ええ、だってネ、こんな小さいやきとりをですヨ、いくら時間かけたって、ねえ、一分や二分じゃないですか、ねえ、それをさア、早くったって、そう早くできるもんじゃあないんだから。それからネ、まるで面当《つらあ》てみたいにカラシふりかけてネ、なにもケチるわけじゃないけどネ、やることがふつうじゃないんだよネ、出世しないよ、ああいうの」

「いや、もとはネ、流してたんですよ、団地のそばなんかをネ、だけど、アレができちゃってからダメんなっちゃって、ええ、インスタントラーメンネ、あれにはまえったなア、夜食がうちで間に合うようになっちゃったでしょう、ダメ、ぜんぜんネ。それでまあ、こういう、繁華街ですか、出てきちゃったんですがネ、まあ、味ったって酔っ払い相手だから、ラード少くしてネ、ニンニク入れるとかネ、そのくらいですよ、くふうたってネ。おかしいんだよネ、ニンニク多く入れると精がつくらしくてネ、そこにニンニクの粉の入ったのがあるでしょう、そのビンがどんどん減るからねエ、あれからみたって、みんな精つけたがってるんですよネ、え？　ラーメン一杯？　百二十円です」

「俺はヤキソバ専門。だってよオ、汚ねえだロ、つゆのソバはよオ、だから、ヤキソバ専門だよ。都から金借りてヨ、道具買ってナ、ウン、この車もいっしょにだよオ、そいで始めたんだよ。もうけ？　あるよ、そうねえ、二、三千円は軽いんじゃない？仕入れ代差し引いてネ、うん、まあ、ケッコウ遊べるヨ、ウン。そりゃあよオ、いつまでもやっちゃあいねえヨ、冗談じゃないよ、いい若いもんがよオ、冗談じゃないよ、なにそれ、テープレコーダー？　マイクも入ってんの中に、ふーん、いくらぐらいするの、え？　ふーん、けっこう取るねエ、あっ、青ノリ、うんとかけたほうがうまいよ、ウン」

「いやあ、人に使われるのがネ、きらいで、マ、こういうことを始めたんですよネ、そいでこのごろはっていうと、こんどは、人を使うのが、コノいやなんですネ、デ、まあこれつづけてるようなもんですねエ、いやネ、店でしょ、出せば出せるんですよ、じっさいのところ、でも、いやなんですなア、人を使ったりするのがネ、マ、そういうタチなんでしょうなア。屋台の季節っていうのは、マ、寒いときでしょう。そうなるとネ、寄る年なみで、からだにはこたえますよ、でもネ、楽しみもあったりしてネ、マ、長年知り合ってるお客さんと、これっきりになるのもさびしいみたいで、縁を切り損なってるんですねエ、くされ縁ですよ、屋台とのネ」

「奥さんがネ、よく買ってくんですよ、夕方ネ、まあ、亭主の酒のツマミか、子供用か、よく出ますよ、ンー、だいたいレバーですネ、女の人は。酒？　いや、そういう物は出さないの、あのネ、ぼくなんか、夕方ですよ、夕方。あの、夜の屋台ネ、あれとは違うんですよ。いやあ多いですよ、野菜炒《いた》めとかネ、そういう、いちおうオカズになるようなネ、ものをやってる屋台、多いですよ。まあ、店はもちたいよネ、将来は、ええ、なるべく早くネ、貯金もしてます、ハハ、一応してますよ」

「十万ですよ、十万、新しい屋台ネ、ぜんぶこういうふうにできてるヤツ、十万ですね、ええ、古いのならネ、まあ三万くらいかな、それくらいでもあるけど、ワタシ、新しいのを買ったから、十万かかりましたよ、ホラ、そこにはってあるでしょ、酒井製車店って札ネ、専門店があるからネ、新車ですよ、新車。ワタシ、四、五年ですけどネ、まあ、十年やったらからだこわしますネ、この商売、ええ、絶対ですよ、これからなんか、屋台の季節は季節だけど、寒くてネ、楽じゃないですよ、ほんと。十年やったらガタきますネ、まあ、遊ばなきゃ貯《た》まるからネ。やめたら？　まあだいたい、店もつっていうより、アパートかなんか経営したり、貯めた金使ってんじゃないかな、有効に、うん、だから、意外に優雅な生活してますよ、ハッハ、意外とネ。うち？　ラーメン、百三十円。時間ねえ、ワタシはもう、自分かってだネ、やめたいときにネ、やめるの。好きかってだから」

「屋台がいま多すぎてネ、だいたい、こんなに多くはなかったですからネ、以前は。いろんな屋台があるけどサ、アタシんとこは、まあ、オデンでしょ、オデンっていうのはネ、仕入れが楽なんですよ、もうネタ一式買っちゃってネ、それだけだもん、あとは自分でですよ、好きなように値段つけて、それで、売っちゃやあいいんだから、楽ですよ。いや、屋台ったって、保健所の届けから営業許可証からなんから、ぜんぶ受けてますよ、そりゃ、ええ。まあ、多くなったからネ、たまにはいるんじゃないかな、無許可。まあ、だから、仕入れをネ、魚河岸《うおがし》行って自分でやって、なんて屋台は、少くなったんじゃないかなア、ほんとはサ、そのほうが、もうかるんだよなア、だってサ、間が入るだけ、金もかかってサ、手前のもうけが減るって寸法になりますからネ、エエ」

「銀座はネ、夜が早いし、商売、なんないです、それとさア、ショバ代ネ、一日千円くらいでしょ、何しろ、アノ、ヤーサマがかんでるでしょォ、うまくいかないんだよネ。だからネ、少し高くするとかサ、ネダンを、そうなっちゃうんだよネ、アア、銀座とか、吉原《よしわら》ネ、高いですよ、屋台多いしネ。だからサ、いま、上野なんかはぜんぶ、アノ、検査員が歩いてるでしょ、悪いことばっかすっから」

「いま、ワタシみたいにチャルメラふいてサ、やってくるオヤジも少いんじゃない？やっぱし、なつかしい感じがするでしょ、いや、最近やんないんだよ、チャルメラ、アア、ワタシはネ、ホラ、これ、ランプね、石油ランプ、こういう物だってネ、電気もアセチレンもネ、どうもピンとこなくて、河童橋《かっぱばし》まで行ったりしたけど、なくてネ、結局、デパートで買ったですよ、デパート、アア、三つくらい一ぺんに買っちゃったけどネ」

「屋台引くまえは何やってたんですか？」

「書道のネ、センセイ、塾のネ。それがどうもうまくいかないんだな、そしたらネ、ある人が、どうだラーメン屋でもやんないかっていうんでネ、ほんで、三日くらいついてってさ、マ、三日ついてってみたら、あんなもんかんたんなもんでネ、すぐ始めたよ、すぐ」

「それで最初からもうかったんですか？」

「最初はネ、一本立ちになってから、だいたい、一晩に、ンー、四十杯から五十杯ですよネ、そのうちぐんぐん上がってサ、いま、そうねエ、百十杯は堅いネ、それで、ワタシのラーメン百円でしょ、だから、一万一千円ネ、一晩。それで、仕入れが三千円チョボだから、けっきょく、まア、だから一日五千円貯金できるんだよネ、ナワ張り？　いやもう、そういうものは関係ないですよ、ンー、だいたい、江古田あたりをネ、流してますがネ」

「しかし、屋台十年引いたらガタがくるって話ですよ」

「知ってるよ、だからサ、貯金して、住むとこでも買って、のんびりとネ、やりますよ、それまでだよネ、そりゃ、からだはきびしいですよ、だけどやらにゃあ、ネ、そうでしょう、カカアもガキも口あけて待ってんだから」

「よく流しの人くるんですよネ、いや、唄《うた》の流しサ、ギター持ったアレ。気が合うんだよネ、連中もネ、マ、テレビやなんかにネ、出たいっちゃ出たいんだけどオ、流すのもネ、けっこう好きでやってるみたいなトコあんですよネ、だからネ、バカにしてますよ、テレビ出てる歌手なんかをネ、あいつ根性がくさってる、なーんてネ、アハ。でも、わかりますネ、たしかにネ、店一軒持ってやってくのもいいなアなんて思うんだけど、だけど、屋台もいいからねエ、いや、屋台の客が好きなんだなあ、オレは。いい人多いから、アア。まあ、ヤドカリだネ、屋根持って歩いてサ、雨が降るとオシャカ、こういう感じネ、いや、だから、ふつうの人より、オテントウさま、気になりますよ、じっさい問題」

「どんな客が多いですか？」

「どんなって、まあ、いろいろだねエ。あのネ、会社でいばれないでしょ、家でいばれないでしょ、そんでネ、ここでいばってんだよネ、だけどいいよ、ああいう人、きらいじゃないネ、マ、きらいじゃないけど、弱いわネ。よくいうでしょ、あんな野郎に雇われてるくらいなら、屋台引いてオデン屋でもやったほうがマシだ！　なんてサ、よくいってんだから、みんなネ。そんでサ、やろうと思やあできるワケだよ、都から借りたって貯金おろしたってネ、すぐできるよ、でも、やんないネ、いうだけ。だってサ、ほんとうはネ、うれしくてしようがないんだからネ、ああやってさ、会社の文句いいながら勤めてるのがさア、だからいわなきゃいいいってヤツもいるけど、オレ、いいと思うネ、いってもネ、いって気持ちが収まるなら、なんて芝居みたいだけどさ、ああいう人は、しようがないんだよネ、おかしいけどサ、オレなんかよりひがみっぽいサラリーマンもいるからネ、ムリないんだよネ、競争は激しいし、仲間は足ひっぱるしサ、ネ、この間なんかネ、係長かなんかになったっていうんで、うちへきてネ、オレなんかにいうワケよ、まあ大したことないけどさアなんていいながらネ、そいでサ、いつも飲まないのにネ、ヒヤでキューーッとやったりしてネ、マ、かわいいんじゃない？　かわいそうっていやあ、かわいそうだしね、え？　コブ？　ハイハイ」

隠し球

「ねえ、ちょっと。靴磨く道具持ってらっしゃらない？」

「俺は持ってないけど、鈴木君が持ってたと思うよ。あいつよく退社する前に机の抽《ひ》き出《だ》しから道具出して靴磨いてるもん」

「鈴木さん今日、出張なのよ」

「ああそうだっけ。どうしたの一体？　きみの靴を磨きたいわけ？」

「そうなのよ。ホラ、ひどいでしょう。今日山田さんとこへ集金に行ったら、あそこのお店の前、工事やってて泥んこなのよね、いやんなっちゃった」

「だったら靴磨きに磨かせればいいじゃないの」

「――」

「社《うち》の前にいるおばさんはだめだよ。交番の横っちょに三人並んでいる真ん中の眼鏡かけたおじさんがうまいよ」

「でも——」

「どうしたの？」

「だって——あたしいやよ、いやだわ」

「へ？　なにが？」

「だって、人に靴磨かせるなんて、そんなことできないわ、あたし」

「どうしてさ？」

「だって——だって第一失礼じゃない、靴磨かすなんて。同じ人間同士なのに、どうして片方が片方の靴磨かなきゃいけないのよ。そんなひどいこと、あたしにはできないわ」

「ひどい？」

「ええ、ひどいわよ」

「ひどくなんかないよ。ばかいっちゃいけない。俺たちはなにも靴磨きの人を侮辱するために靴を磨かせてるわけじゃないんだぜ。どうしてもいやだっていう人に無理やり磨かせてるわけじゃないんだ。あっちが靴を磨く商売をやっているからお客になってるだけじゃないか」

「でも、そういっても——」

「第一ね、みんなが君みたいなことをいって靴磨かなくなったら、靴磨く人は全部失業しちゃうじゃないか。俺はそのほうがよっぽどひどいと思うね」

「まあ、あたしのことひどいですって！」

「そうだよ、そういうのはヒューマニズムっていわないいんだよ」

「じゃなんていうのよ」

「安っぽいセンチメンタリズム、っていうね」

「まあ！——マアッ！——知らない、あたしもう絶対知らないから！——もうあたしあなたと口ききませんからね！——失礼します！」

昔、商業デザイナーをやってた時、会社の女の子とこういう喧嘩《けんか》をしたことがあった。

あの喧嘩はどっちが正しかったのかな？　いや、正しい正しくないより、一応理屈は私の側にあったが、しかし、世の中には、理屈でどんなに正しくても、情緒的に納得できぬということがいくらもあるものである。

たとえば、私の場合、犬の飼育、なんていうのがそれだろう。犬が好きだから犬を飼う。ついでにそれが商売になる。もともと犬好きの人なのだから、犬を大事に育ててくれる。犬にとってもしあわせだし、飼うほうにしたって、血統のいい犬が飼えて、しかもお金になる。いいことずくめで全く間然するところがないにもかかわらず、私はどうにも犬の飼育という内職が気に食わないのである。なんの根拠もありゃあしない。そういうことでお金を儲《もう》けるのが、ただただいやなのである。理屈以前の問題です。

だから、私は、女の子をいい負かしながらも、女の子の気持ちはよくわかったし、同情できた。いい負かしてしまった時には、しまったと思ったのである。女の子は、おそらく私のことを「人種が違う」と思ったろう。

たとえば、また、台湾へ行く時にはナイロン製品を持ってゆくと女にもてる、というので、ナイロン・パンティを何十枚も持っていった知人がいる。こういう時、おそらく理屈はあっちにあるのだろう。

ナイロン・パンティでもてるのが、なにが悪い？　第一、相手が喜ぶじゃないか。相手が喜ぶから、待遇もよくなる。こっちも嬉《うれ》しい。当事者の両方が喜んでいるのにおまえはなにを余計なことをいうか。きみは、俺が女を買うのが気にくわんのかも知れぬが、相手はそれだけが生活の手段なんだよ。お客がなけりゃ、たちまちめしの食上げじゃないか。きみは、あの女たちが飢え死にすべきだというのかね？　そういうのを安っぽいセンチメンタリズムというのだ、第一みんなすごく喜んでたぞ、ナイロン・パンティ。

というようなことになって、私は一言もないに違いない、理屈の上では。

しかし、理屈はどうあれ、ナイロン・パンティでもてようとすることは、私にとっては卑劣であり、汚い手であり、唾棄《だき》すべきことであるのは変えようがないのであって、かりに、私が台湾へ行くことがあったとして、そうしてナイロン・パンティで相手がどんなに喜び、そうしてその結果、私がどんなにもてるとしても、私は決してナイロン・パンティを持ってゆくことはないのである。

人種が違う、人種が。

子供の頃、野球で「隠し球」をやる子がいて、彼が一塁を守り、私が捕手ということが多かった。

彼の隠し球で我が軍はしばしばピンチを逃がれ、私も一緒になって大喜びした口なのであるが、喜びながらも、なんともいえず、やりきれない後味の悪さを感じずにはいられなかったものである。

勝負の第一義は勝つことにある。合法的なあらゆる手段を使って勝てばよい。勝ちは永遠に勝ち。隠し球が卑怯《ひきょう》などというのは、負けたものの愚かな泣き言に過ぎない——というのはあくまでも理屈であって、理屈が正しくても、隠し球ができる人間とできない人間というものは、やっぱり断固としてあるだろう。

今思い出しても感に堪《た》えぬのであるが、この、隠し球のうまい子のすることなすこと、実に着想が卓抜であったね。

たとえばこの子は、石鯛《いしだい》をとるのに鼠《ねずみ》取りを、鰻《うなぎ》をとるのに鋸《のこぎり》を、雀《すずめ》をとるのにダイナマイトを使った。

たとえば石鯛の場合、鼠取りに餌《えさ》をつけて、海の中にいくつも沈めておくと、石鯛がやってきて、頭でその餌をはがそうとする。

彼によれば、石鯛というのは、たとえば岩に貼《は》りついている鮑《あわび》なんかを見ると必ず頭でつっついて、剝《は》がしたくなる性質なのだそうで、だからまちがいなく鼠取りの餌をつつきにくる——と、鼠取りがパチンと閉まって、石鯛は頭をはさまれてしまうから、彼は一日に一度見回ってただ鼠取りを引き上げればよいのであった。

鰻の場合はもっと独創的であった。

彼は独自の勘で鰻のいる泥地を発見すると、鋸を持って出かけてゆき、その鋸をゴルフのクラブのように振るのである。ちょうどゴルファーが、砂地の中からボールを叩《たた》き出すように、彼は鋸をスイングして泥の中から鰻を何匹も何匹も引っ掛けてくるのであった。

雀の場合はなんとも無法きわまりない。

雀の大群が眠っている竹藪《たけやぶ》の中で、盗んできたダイナマイトを爆発させるのである。ダイナマイトの近くにいる雀は木端微塵《こっぱみじん》になるが、大部分の雀は脳震盪《のうしんとう》を起こしてばらばらと降るように落ちてくる。あとはこれを拾い集めればよい、というのであった。

彼はこの方法で一遍にドラム罐《かん》一杯くらいの雀をとって焼鳥屋におろしていたらしい。もちろん竹藪はだめになってしまうが、彼の知ったことではなかろう。

われわれ虚弱質の子供は、彼のことを賛美もし羨《うらや》ましくも思ったが、しかし決して彼の手口を真似《まね》ようとは思わなかった。

やはり、人種が違う、という気持ちがあったのかもしれない。

マッチ

マッチを生まれて初めて使ったのはいつごろだったかしらん。

ええと……

ウン、そうそう、私のうちでは父が病気で寝たっきりだった。だから、母が風邪でもひいて寝込んでしまうと、うちの中の人手は私と妹だけになってしまう。

多分あれは私が小学校二年生くらいの時だったかなあ、そんなふうに母が寝込んでしまい、私は天下晴れてマッチを使う権利を獲得した。

親が寝込むとなぜ子供がマッチを使っていいかって？

なにいってるんですか、御飯を炊《た》くためですよ御飯を。

私は、考えてみるとかまどで御飯を炊いていたなあ。新聞紙を丸めてその上に木《こ》っ端《ぱ》をのせ、次に中くらいの太さの火のつきやすい薪《まき》を並べ、そこで——ウン、そこで

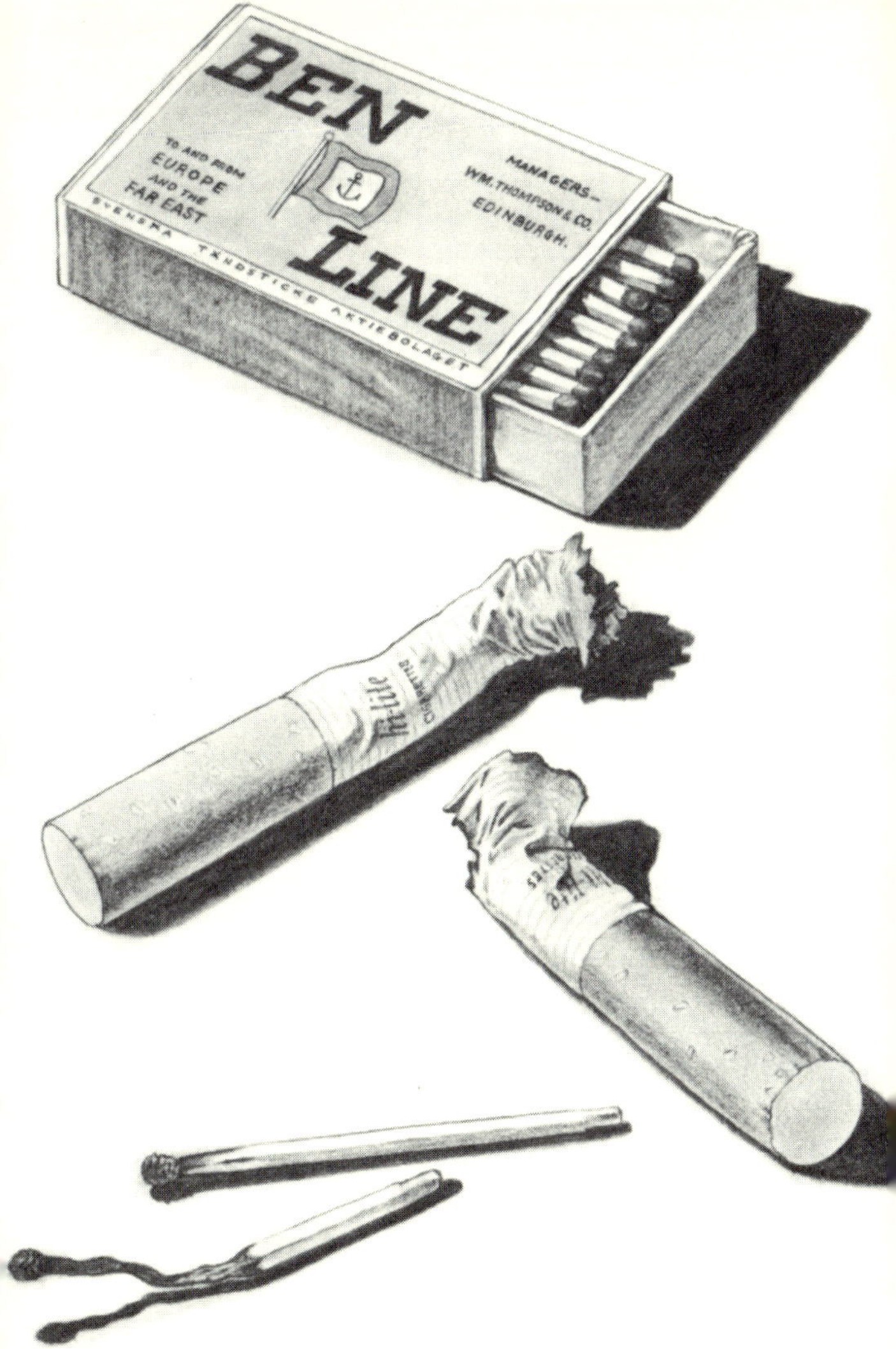
BEN LINE
EUROPE
AND THE
FAR EAST
MANAGERS—
WM. THOMPSON & CO.
EDINBURGH.
SVENSKA TANDSTICKS AKTIEBOLAGET

マッチを擦って新聞紙に火をつける。

えがらっぽい煙が出る。炎が燃え上がる。木っ端に火が移る。そして木っ端から薪に火が燃え移る瞬間——ここのところがいちばんむつかしい。木っ端の量が少すぎても、木っ端の次の薪が大きすぎても、あるいはまた、大きさは適当でも湿っていたりすると、火はついてくれない。また初めからやり直しである。

そういうわけなので、木っ端の火が薪に燃え移る時には心の中で一瞬祈るような感じになる。

——うまくいけよ、うまくいけよ、ほい、それっ、もうひといき、それいけっ、よおし、うまくいった！

やっと勢いのいい、たくましい、安定した炎ができると、今度は太い薪をいい工合に配列しておいて、これでやっと一と安心である。

あとは適当に薪を追加したり、灰をかき出したり、太すぎる薪を鉈《なた》で割ったり、あるいはまた、土間にしゃがみこんで、快調に燃え続ける炎を飽きず眺めていればよい。

考えてみると私は御飯炊きが妙にうまかったですな。お釜《かま》の蓋《ふた》をとる。ふわっと湯気が舞い上がる。その湯気の中に必ず顔をつっこみたくなるから不思議だねえ。どうです、この御飯独特の懐《なつ》かしいにおい！　そうして——そうして湯気の底にはですね、湯気の吹き出た穴が一面にあいてですね、御飯がですね、真ん中なんか盛り上がって炊けてるんだから！

　そのうち、こうやって御飯を炊こうにもお米そのものがないという状態がやってきて、そうこうするうちに敗戦ということになった。

　このころのマッチっていうのはすさまじかったですよ。十本のうち二本か三本しかつかない。頭が黒くてね。軸がまあ細くて頼りなくてね。つかないから勢いつけて擦るでしょう、すると今度は軸が折れる。たまについても、ジジジという音を立てて青い光が出るだけ、炎なんか出やしない。実に泣きたい感じだったですねえ。

　そこんとこへ敗戦がやってきた。

　やがてアメリカ軍の放出物資というのが出回り始め、そのうちアメリカのマッチなんかも手に入るようになった。この時は実にショックだったですねえ。これは明らかに勝った国のマッチだったです。軸なんか白くて太くてね、しかもマッチの頭が赤じゃありませんか。ああ、これが文化というものだ、と私は思いましたね。箱なんか紙でできてやがってね。それに、ブック・マッチなんて軸まで紙のやつがあったりしてね。こりゃ負けたと思いましたねえ、ほんとうに。

さて、私が愛用しているマッチは、ベン・ラインという航路で使っている、例の世界一というマッチです。

世界一のマッチの条件とはなにか？　必ず火がつくとか軸が折れないなんていうのは、これはマッチの最低条件だから勘定にはいらない。世界一のマッチの条件は、擦ったとき、においがしないこと、そして、頭が落ちないことなんですねえ、思えば遠く来たもんです。

捨てる！

学校へ通う電車の中で、アメリカの兵隊と向かい合わせに腰をおろしたことがある。兵隊の膝《ひざ》の上には、およそ小さな紙屑籠《かみくずかご》の中身をぶちまけたくらいの、紙屑の山があった。

いや、紙屑と見えたのは一瞬で、仔細《しさい》に眺めるなら、それはくしゃくしゃになった日本の紙幣の山であった。

兵隊は——おそらく退屈しのぎにであろうが、服のあちこちのポケットから引っぱり出した日本の紙幣を整理しようとしていたらしいのだ。千円札は千円札、百円札は百円札、十円札は十円札、五円札は五円札——兵隊の無器用な作業はのろのろと進んでいった。電車はかなり混んでいたが、周囲の乗客の眼は、この兵隊の手もとにことごとく集中して離れなかった。

なぜか？

紙幣の山の中に一円札を見つけると、兵隊はその都度それを抜き出して窓の外へ捨てたのである。

「ひらっ、ひらっと、こう一円札が窓の外で翻《ひるが》えっちゃあ、すっと後ろへ流れて見えなくなるんだ。これはショックだったなあ」

「ショックってのはどういうこと？　つまり一円を笑うものは一円に泣く、なんていうじゃない。そういうことってわれわれ割合いに信じてるんだよな。お金を粗末にしちゃいけないっていう気持ちは、かなり意識の深いところに根をおろしちゃってるんだよな。そういう意識がショックを受けたっていうこと？」

「うん、つまりそうなんだけど、でも今考えてみても、不思議に不愉快なショックじゃなかったなあ。どっちかというと、こちらの盲点をつかれたみたいな、というか、権威が目の前で崩壊していくのを見てるみたいな、なんか唖然《あぜん》としながらも笑いがこみあげてくる感じじゃね」

「うん、わかる、わかる。そもそもさ、その兵隊のやってることがさ、変に理屈にあいすぎてるのがまた可笑《おか》しいんだよね。一円札なんか紙屑同然だ、じゃあ紙屑みたいに捨てちゃおうってんだから、こりゃ可笑しいよ。物に捕われなさ過ぎるんだよ、この兵隊」

「つまりねえ、金の主人っていうのは本来人間なんだよ。当り前の話だけどさ。ところが現実はそうはなってないよね。金のほうが人間の主人づらしてるもん。ぼくなんか随分警戒してても、やっぱり無意識のうちに収入か財産で人を評価してることってあるもん。つまり金がただの金でなくって人間を計る物差しにまでなっちゃってるっていうことね。これは随分根深いもんだよねえ、今でもぼくは一円玉なんか捨てる時、やっぱりちょっと疚《やま》しいような、後ろめたいような、なんか抵抗感じるもんね」

「というと、あれかい、きみは一円玉捨てるの？」

「よく捨てるよ、まあ必ず捨てるね」

「そんなことしちゃよくないよ、そりゃあ悪いことだよ」

「ほら、きみだってそういうだろ。お金を粗末にすると罰があたる――本気でそう思ってるんだよ。みんな一種の畏怖《いふ》の念を抱いてるんだよ、金に対して。ほとんど信仰に――といってても未開人の信仰に近いもんだぜ、それは」

「だって、だからといって金を捨てるっていうのは――」

「どこが悪い？　自分の金を、自分の犠牲において捨てるんだぜ。いや、勿論《もちろん》犠牲なんて思ってやしない。あんなゴミみたいなものを持ち歩きたくないし、第一持っててもなんの役にも立ちゃしないじゃないの。まあ、だまされたと思って一度パッと捨ててごらん、一円玉。こりゃあいい気分だから、解放感があるから」

「いやあ、おれはだめだな、絶対捨てられないなあ、やっぱり冒瀆《ぼうとく》だよ、そりゃあ」

「冒瀆ったって、なにに対する冒瀆なんだよ？」

「だって、労働の結果得たものを、そんな工合に捨てちゃうってのはさ、つまり神聖な労働に対する――」

「労働がどうして神聖なの？　国会議員だって高利貸しだってみんな労働してるよ。あれも神聖なわけ？　労働なんてのはさ、時にはつらいし、時には退屈だし、時には食うためやむをえずだし、時には穢《きたな》いし、時には楽しいし、まあそんなもんであってさ、神聖とはまるで関係ないじゃないの」

「それにしてもさ、片一方では一円にも困って貧乏してる人がいるのに、きみが一円玉を捨てるっていうのは――」

「そんなことはまるで無関係だよ。一円にも困る人がいるっていうことは、これは悲しむべきことだし、そういうことが無くなればいいと思うよ。だけど現にぼくが一円玉を捨てないで机の引出しに入れといて、その人たちがうるおうの？　全然関係がないじゃないの、そんなこと」

「そうかなあ、じゃあみんなが一円玉捨て始めたらどうなるんだい」

「そうさねえ、世の中にお金が少なくなるんだからさ、お金が少くて物が多いということになって物価が下がる――」

「おいおい、出鱈目《でたらめ》もいいかげんにしろよ」

「なにが出鱈目だい。全然出鱈目じゃないじゃないの。だからさ、みんなが一円玉捨てれば――」

「知らん、知らん、おれは知らんぞ。お金にはそれを使った人の生き霊《いりょう》がこもってるんだから。おれは知らんぞ。お前さん必ず罰が当るんだから」

書斎の憂鬱《ゆううつ》

私は文章はあまり多くは書けない。従って文章の注文は大体全部断わることにしているのだが、それにもかかわらず注文が後を断たぬ。当然、毎日二つも三つもお断わりすることになって、そういう状態がもう何年も続いているのだから、何万、とまではいかなくとも、少くとも何千かの注文を断わっているわけで、今では、なんというか、この、注文をお断わりすることが一種老後の愉《たの》しみみたいになって来た気配がある。

いわば、ヴェテランの家政婦が、

「やだね、あんなうち、あたしはいかないよ、断わっとくれ」

「金にもならなきゃ面白くもなきゃ義理もないんだからね、なんであたしがそんな仕事しなくちゃなんないのさ」

なんだかだで一向に働きたがらない。あれと同じでね。スレッカラシ？　ええ、ええ、スレッカラシで結構なんで、ともかく誰がなんてったって、私は愉しむんです、この立場を。

ま、原稿の依頼なんてのは大体似たりよったりのもんでね、「此《こ》の間ナントカに書いてらしったようなもので結構なんですが、ああいったものを一つなんとか」

「テーマはなんでも結構なんです、なにか面白いエピソードとか――」

こういうのは皆まで聞かずに断わってしまえる。私なら私を使う場合、今まで人のやったことのない使い方をしてやろうと考えるのがプロフェッショナルというものであって、

「伊丹さんは野球に興味お有りですか」

「ええ、まあ一応」

「野球嫌いの主婦というのが非常に多いんですが、こういう主婦に一度野球を見てやろうという気を起こさせる文章っていうのを書いてごらんになるお気持ちありませんか。いや、まずルールの説明から始めましてね、ルールなんてものを読ませるように

書けるのは伊丹さんだけだっていうのが私の発想なんですが、ピッチャー、キャッチャーの説明からいくんです。第一章《ピッチャーとキャッチャーは味方同士です》ってのはどうでしょう」

こういうふうにこられると、半信半疑ながら、なんとなくその気になってくるものなんですが、ま、こんな注文はめったにありゃしない。あるのは相変わらず「ああいったもの」「テーマはなんでも」式の注文ばかりで、こういうのは断わられ方までプロフェッショナルじゃない。

「ともかくお断わりします」

「でも、短くて結構なんです。ほんの二、三枚で結構なんですから」

「短い原稿ってのは、短いなりに大変なんです。あなたにホンノ二、三枚なんていわれる憶《おぼ》えはないんです。しかも短いものは苦労する割に稿料は安いし、将来雑文をまとめて本を出そうって場合にも、短すぎて使いものにならんのです。ともかくお断わりします」

「じゃあ、長いものなら書いていただけるんでしょうか？」

「長いものを書く時間がないのです」

「じゃ、こういうことで如何《いかが》でしょう。一つ先生のお話をうかがって、それをこちらで文章にまとめさせていただく、そして、それに先生のお名前を頂戴《ちょうだい》するということで——」

とうとう詐欺《さぎ》の片棒を担《かつ》げという話になってしまった。冗談じゃないよ、全く。

ともかく、編集者とは限らず、サラリーマンの仕事の大半は人間関係を円滑にすることなのですから、電話術、乃至《ないし》、人に接する法というのは、それが仕事の本質であると考えていいくらい重要なのであって、極言するなら、サラリーマンの価値は電話の巧拙で決定してもいいとすら私は思うのです。それほどまでに左様なのであります。

そこで——やっと本論にはいるわけなんですが——私が永い間かかって蒐集《しゅうしゅう》した、編集者の電話術、訪問術のコレクション、これの一端を、今日はお目にかけたいと思う。ただし、これは別段学問的な研究ではないから、順序なんぞもアット・ランダムで格別系統立ってはおりません。

一、古典的な人

扇谷《おうぎや》正造氏の「ジャーナリスト入門」なんていうのを読んでいて、まずお天気の話からはじまり、調度や庭なんぞを賞《ほ》め、子供が出てくると「ヤア、坊やイクツ？」なんていう。犬や猫を見ても必ず名前を聞いたり賞めたりすることになっているらしく、いつかうちの猫が皮膚病になって全身丸刈りになった時も（猫の正味というのはごく僅《わず》かなものなんでね、丸刈りにすると焼鳥みたいな不気味な感じになってしまうのだが）一瞬ギョッとした顔つきになりながらも、

「これは随分珍しい猫ですね、中国の猫ですか？」

と、いった。

二、きりのない人

「二度目の奥さんをお貰《もら》いになったところでですね、体験的再婚論というのをお願いしようじゃないかということになりましてですね」

「私は家庭のことは書きたくないんですよ」

「あ、書きたくないということをお書きいただいてもいいんですがね。なぜ書きたくないかという、その理由ですね」

「いや、理由というほど、はっきりしたものじゃなくて、なんとなく、そういうことには触れたくないってことがあるでしょう？」

「その、なんとなくっていう感じが出れば面白いと思いますねえ。私なんかも、やっ

ぱり家庭のことは、なんとなく触れたくないって気がしますものね。とってもよくわかるなあ、その感じ」

「いや、ともかくそういうことを私が書いたとしてですね、女房がいい気分がすると思いますか？　私は、ともかくこの女房と一生一緒に暮らすんですからね。あなたんとこの気紛《きまぐ》れな企画よりも、女房の気分の方が私には大切なんだ」

「ウン、面白い！　その線で行きましょう。この企画に対する反感というものからですね――」

ときりがない。

三、相手を決めてかかる人
「プレイボーイの伊丹さんとしては――」

「一流好みの本格派としてはですね――」

「一つ、カーマニアぶりを発揮していただいてですな――」

「ベスト・ドレッサーとして――」

「有名なダンディーでいらっしゃるから――」

以上、よくよく考えてみるに、一つとして自分に当てはまらないのは、むしろ驚嘆すべきものがある。

四、肥《ふと》っている人

「いやあ、なにしろ肥ってるもんだから、暑くて暑くて。ともかく驚いちゃいましたよね、この間雨が降ったんで久し振りにゴム長引っ張り出して穿《は》こうと思ったら、これがはいんないの、このフクラハギんとこへ引っかかっちゃって。いやあ、これには驚いちゃったなあ。あ、奥さん、どうも御無沙汰《ごぶさた》してます。いやあ、また二キロばかり増えちゃいましてね。いや、もう、ますます醜く肥っちゃって、そうでもない？フハハハ」

と自分のことを喋《しゃべ》る。

肥っている人というのは、自分の個性に対する信頼感が強く、肉体を話題にするだけで、ある時間を稼げるという思い込みを持ってるものです。

五、すごく急いでいる人

「今、原稿は全部お断わりしているような状態でしてねえ」

「ええ、さようでもございましょうが、とにかく、電話でもなんでございますから、ちょっとお目にかかりまして——」

「ええ、でもお目にかかっても——」

「五分間——五分間だけいただけませんでしょうか」

「五分——ですか？」

「ええ、五分で結構でございます」

「いや、五分でも十分でもいいんですが、お目にかかったとしても——」

「いやいや、とにかくお目にかかりまして、はい。五分でよろしいんです。何ぶん、私どもの方も時間がございませんし——」

「ええ、ええ、だから、五分で何の話をするんですか？」

「いや、ともかく五分いただくということで、あとはお目にかかった上で——ええ、すぐ伺いますので、何しろ時間が迫っておりまして——では」

こちらも何となく緊張した感じでおりますと、待つほどもなく当人が息せき切って現われ、

「実は先生、七月号の料理のページなんでございますが、どうでございましょうかな、一つ『わが家の酢の物』ということで一枚半ばかり——」

六、若くてダメな女の子

　まず敬語の使い方がでたらめです。

「モシモシ、あの、伊丹さんのお宅でございますか？」

とくるね。

「はい伊丹です」

「あの伊丹さんを――」

「だから、私、伊丹です」

「アッ、アノ――」

　しばらくこそこそ話す声が聞える。ダカラサア、出テルノヨ本人、なんていうのが聞えてくる――と、突然、

「あ、もしもし、あのですねえ――」

　私は若い女の子にあのですねえといわれるとほんとうに全身鳥肌立ってしまうのです。

「私、今日そちらへ取材に行くようにっていわれてるんですけど、あのお、お宅はどう行けばいいんですかア？」

　どう行けばいいんですか、といういい方が、なんともいえずふてくされている。あ

たしどうすりゃいいのよ、というういい方である。

「じゃあ、これから伺って結構ですか？」

なんていう。

待っていると、いかにも鈍い感じの躰《からだ》つきで、顔は案外可愛《かわい》いみたいな短いスカートの女の子がやってくる。挨拶《あいさつ》がすむと、さあ、さっさと話せ、とばかり黙って待っているから、こっちも意地悪く、

「ええと何でしたかな？」

「ハ？」

「何でしたっけ御用は」

「ハ？　あのう、なにかサラダを――」

「サラダ？　サラダをどうするんですか」

「あの、先生が御自分で作られたサラダをいただいているところを――」

「だれがいただくんですか？」

「先生がです」

「ああぼくがいただくんですか」

「ええ、先生がいただいてるところを――キャッ！――ウワッ！――ネコ！――ウワ

ア、気持チ悪イ、アタシ猫ヨワインデス――キャアーッ！　嚙《か》みません？　これ」
「嚙みますとも、嚙みますとも」

「嚙むんですか、ウワア、ドウシヨウ、お邪魔しようかしら」

「あなたはもうお邪魔してるんですから、そういう時にはおいとましようかしらでしょ？」

「キャッ！　イヤア、コノ猫」

「その猫は特別な種類の猫でね、とても危険なんです」

「ほんとですか、ウワア、ドウシヨウ。なんていう種類ですか、これ？」

「カム猫です」

七、歯ごたえのない人
「先生、それは面白いですなあ」

「面白いですか」

「面白いです」

「あるいは、こんなふうな考え方もあると思うんですが、たとえば、こう、こう、こう……」

「あ、それは面白い」

「で、なけりゃ、こう、こう、こういうふうにひねってみても……」

「いやあ、それも面白い」

「結局、どれが一番面白いでしょうね」

「いやあ、みんな面白い」

八、帰ってゆく人人

訪問が終って帰ってゆく時、というのも難しいのである。四、五人連れで打ち合せなんぞに来た人人が、帰りしな、あくまでもへりくだった調子を強調するつもりか、靴の紐《ひも》もゆっくり結ばずに、みんなとりあえず、爪先《つまさき》を靴の中に突っ込んで、しかも踵《かかと》は踏み潰《つぶ》すまいという中途半端《ちゅうとはんぱ》な恰好《かっこう》で一斉に玄関のドアから外へ繰り出し、そこんところでこちらを振り返り、やっぱり、踵を踏み潰すまいとしながら、さり気ない調子で、

「じゃ、どうも」

「どうも、どうも」

「いやあ、どうも」

なんぞと、へっぴり腰でやっているのは、どう見ても妙なものだと思う。

九、さて最後に、この原稿を頼んで来た人

この人のことが、どうしても思い出せないんだなア、実に不思議だ。今までのどれか一つに当てはまるような気もするんだが、ど忘れ——というんでしょうか、全然憶《おも》い出せない。いやあ、実に不思議だ。

扇子

扇子を持ち歩いたり、弄《いじ》くりまわしたりするためには、やはりそれ相応の身なりというものがあるわけで、極言するならば、扇子を使うためには、扇子に合わせて自分を身繕うことが肝要となってくる。

たとえば、扇子を持つためには、まず第一番に床屋へ行くのが手順であろう。髪は刈り上げて七三に分け、ポマードをつけて清げに梳《くしけず》る。首筋に白い天花粉のあとを残したまま帰宅して、さて、ここで初めて扇子用の服装に着替えるという段取りになるのであるが、この稿においては洋服の場合のみを論ずることにしよう。

まず下着はキャラコのパンツ、あるいは莫大小《メリヤス》の猿股《さるまた》、それにステテコと縮みの襯衣《シャツ》を着用したい。

上に着るのはワイシャツでも開襟《かいきん》襯衣でもよいが、いずれにしても純白で、よく糊《のり》の利《き》いたものを用意し、襯衣の裾《すそ》は正しくズボンの中に納めねばならぬ。

ズボンは幅広く、かつ裾に折返しのあるものを使用するが、特に注意したいのはベルトの位置である。ベルトがズボンの上端ぎりぎりのところを通るのは好もしくない。やはりベルトの位置は、ズボンの上辺から五センチないし十センチ下がったあたりを通るのが床しいのであって、かくあってこそ、はじめて、ベルトを締めたとき、ズボンの上部が巾着《きんちゃく》のような襞《ひだ》を作るのである。

さて、かくのごとき理想のズボンが得られたなら、扇子は、その尻《しり》のポケットに格納するのが通例であろう。

以降、随時引き出して、省線電車の中や、市役所の待合室などにおいて存分に活用されるがよいと思う。

次に、開襟襯衣よりやや改まって、夏物の背広上下を着る場合であるが、背広は古色蒼然《そうぜん》として、なおかついっさい特色のないことが望ましい。生地は鼠《ねずみ》の霜降りがよかろう。

ポケットに匂《にお》い袋を忍ばせ、ほのかに香の匂いを漂わせながら表へ出る。匂い袋がない場合は樟脳《しょうのう》の匂いでも線香の匂いでもよい。要するに、多少陰気な、年寄りじみた匂いを漂わせながら表へ出て、日向《ひなた》の道をそろそろと歩く。

できることなら、ベージュか薄茶色の絹の日傘を持つ。更に事情が許すなら、靴の色はグレイと行きたい。

その上で行きずりの蕎麦《そば》屋にはいり、注文したもりを待つ間、空《くう》を睨《にら》んでゆるやかに扇子を使うのである。

もう少し矍鑠《かくしゃく》たる趣きを求めるなら、赤銅色《しゃくどういろ》に陽やけした顔に、白い麻の上下、白靴を履いて白いヘルメットを被《かぶ》るという方法があるが、これは頭が完全に禿《は》げていることが絶対の条件になる。

クアラルンプールかプノンペンあたりの飛行場で、日本からの客を迎えに行って、税関吏と現地語で交渉しながら忙《せわ》しげに扇子を使う。時時片手でヘルメットを持ち上げては、大判の麻のハンカチで禿頭《とくとう》の汗を拭《ぬぐ》う……。

さて、私もまた扇子を一つ所有している。これは作家の山口瞳《ひとみ》さんから頂戴《ちょうだい》した。山口さんは酔うと筆を執って白扇にお習字をする癖がある。そのための白扇は京都から取り寄せるという。その扇面に曰《いわ》く。

「そら豆と麦の青きがうち続く畑中の道を春の風吹く」

これは山口さんの奥さんの少女時代の作である。結婚前のある早春、少年だった山口さんは友人の別荘を借りて、少女であった奥さんを伴った。これは、この少女の眼に映じた別荘付近の情景である。

「君と共に一夜過しし畑中の家を再び訪《と》はざらめやは」

というのもある。なんとも初初《ういうい》しい。

山口さんは、歌を書きおえると、ちょっと考えてから「夏子」と署名し「どうもこりゃ妙なもんですねえ」といってしばらく扇を睨んでいたが、やがて「山口瞳謹書」とつけ加えて印を押した。

この白扇は百五十円くらいのものらしい。

辞書

笑うという字がいかにも笑ってるように見えるのを発見したのは、小学校三年の頃だったと思う。

笑うという字を習ってから二年くらいたっていたろうか、何度もこの字に出会ううちに「笑」という字の上に笑いのイメージがはっきり定着してしまって、ついには「笑」という字を見ただけで、頭脳の中のどこかがニヤリと相好《そうごう》を崩すような、そういう条件反射が確立するようになったのだろうか。

文字とイメージの結びつきの強い弱いは、しかし、その文字を見たり使ったりする頻度とは関係がないように思える。

強いイメージを結びやすい事柄、そういうものが人それぞれにあって、そういう強いイメージを表わす文字には、勢いイメージがはっきり乗り移るのではあるまいか。

私の場合、人間の状態を表わす文字の中に、こういう「生きた」字が多いように思う。

「笑う」然《しか》り。他にも「淋《さみ》しい」という字はいかにも淋しそうだし、「愁」という字はいかにも物思いしている感じがある。

「ゆるす」という字の中では「赦《ゆる》す」という字が一番慈悲深いように思えるし、「飲む」「食う」という字からは格別の印象を受けないのに「呑《の》む」「喰《く》う」などには鮮やかなイメージを感じるのである。

あるいはまた「愧《は》ずる」という字はなんとも面目なく顔もあげられぬ気持ちを正確に表わしているし、「羞《は》じらう」は実に花恥ずかしく羞じらっている。そして「猥《みだ》ら」も「淫《みだ》ら」も、実にこの上なくみだらではありませんか。

高校時代、私の一番好きな学科は漢文、一番嫌いな学科は国語であった。

私はその頃、漢字に「凝って」いた。漢文の授業は、漢字と、その惹《ひ》きおこすイメージの無限の宝庫であった。漢文が休講の時には、近所の大学へ遠征して「左氏伝」の講義に潜りこんだりしたものである。

そして、こうやって習い覚えた漢字を鏤《ちりば》めて、私は国語の時間に作文を書いた。知識をひけらかそうというんじゃ毛頭ない。その漢字の持つイメージに対する愛着が、その字を使わせてしまうのです。

だから私は、たとえば「沈む」のほかに「淪《しず》む」「湎《しず》む」を使った。「赤い」のほかに「朱《あか》い」「紅《あか》い」「赫《あか》い」「丹《あか》い」「赭《あか》い」「緋《あか》い」を使った。

そうして、私の作文の点数は極端に悪かった。教師が頑迷な漢字制限論者だったのである。

彼は、私の中にある漢字に対する奇妙な、そして烈《はげ》しい情熱を理解しなかった。単に圧迫するだけで、新しい進路を示すということをしなかった。「湎む」とか「赭い」とかいう字の裏にひそんでいる、私の、文字に対する尊敬と愛着、そうして辞書を繙《ひもと》くという貴重な習慣を、彼はまったく見ることができなかった。

返されてきた作文を見ると、私の好きな文字は、ことごとく赤インクではねられているのが常であった。一字がマイナス三点というふうな採点であったから、私の作文の点は、いつも五十点か六十点であった。

「まあ！　いったわね、この金棒引き！」

テレヴィジョンの中で女が叫んでいる。

「あら、金棒引きってなんだっけ？」

「金棒引き？　悪口でしょ、血も涙もないってことじゃない？」

「どうして金棒引きが血も涙もないのよ」

「だって金棒は鬼じゃない。だから鬼のような女よ」

「じゃ、引きっていうのはなんなの？」

「女の鬼だから金棒が持ち上げられなくて引きずってるんじゃない？　知らないわ、よく。あら、なに笑ってるの？」

二人で私のほうを振り向いた。

「だって、おまえさんたちがあんまり出鱈目《でたらめ》いうからさ。金棒引きってのはねえ、ほら、よく井戸端会議なんかでいるじゃないの、あっちへ行っちゃあこっちの悪口いい、こっちへ来ちゃあ、あっちの悪口いう人、あれだよ」

「あら、そう？　おかしいわね、だって――」

「ちょっと字引き引いてみようか、ええと、カナボウヒキ、カナボウヒキ、と――アカサタナ、と――あったあった、カナボウヒキね、ええと、鉄棒を引きならして夜警するもの、ちょっとのことを大げさに言いふらすこと。また、その人。近所のうわさをし歩く人、と、どうだい？――あれ、なにがおかしい」

「だっておかしいわよ、字引き引くなんて、大げさよ、ねえ」

「そうよ、テレビ見ながら字引き引く人なんて初めて見ちゃった」

「まるでおじいさんみたい」


ま、おじいさんでもいいや、辞書を引くのは、今や私の第二の天性になってしまっている。

近頃頓《とみ》に物忘れがひどく、いつぞやなんか、平仮名の「ぬ」という字がどうしても思い出せなくて、狼《ろう》——ええとロウバイのバイはどうだっけ——ロウバイ、ロウバイ、あ、あった、そうそう、実に狼狽《ろうばい》したものである。この程度の文章を書くのに三十回、四十回辞書にあたってみなければならぬ。

同じ文字を、使うたびに引いている。ゼイタクのゼイ、ボウダイな量などという時のボウ、インギンな物腰のイン、ザッパクのパク、何度引いても覚えられぬ。そうして、出てくるたびに引く。引けばあるという安心があるから決して覚えない。

実に辞書を引くことは私の第二の天性になってしまっている。

辞書に関して、私が素晴らしいと思うのは、その序文である。

辞書の序文というものを、私は、薬の効能書や、豆腐屋が油揚げを包んでくれた古新聞などと同様、どうしても読まずにいられないのだ。

そもそも「およそ辞典のように、一語一句綿密な注意を要する労作は、一朝一夕にして成し遂げられるものではない（新簡約英和辞典、序、岩崎民平）」のであって、それゆえにこそ、辞典の序文には、労作を成し遂げた時の安——またアンドのドがわからない、ええと、アンド、アンド、あ、あったあった、なるほど土偏か——安堵《あんど》の情と、誇りやかな自負、そうして、この厖大《ぼうだい》な労作を貫いた確固としたルール、そういうものが圧縮された形で記されているものなのだ。

そうして、言葉を扱う人人が悪い文章を書こう筈《はず》がない。辞書の序文というのは、まず間違いなく名文なのである。

「言語の数は巨万に上り、その変化は無窮であるから、辞書は、大きければ大きいほど備わり、小型辞典の悲しさは、常に、尽しがたい点にある（明解国語辞典、金田一京助）」

「いずれの学術たるを問わず、simplification ほど至難なものはない。一切の学問の要諦《ようてい》はこの一言に尽きるといっても過言ではあるまい。生ける言葉を生けるがままにその核心を把握し、彼我両国語の接近路を切って開こうという当初の理想はなお遼遠《りょうえん》である（岩波英和辞典、田中菊雄）」

「近代日本人は、近代日本語の創造に悔いを残しました。ことばはべつだん登録ということを必要としないため、新語が次々と生まれました。（中略）国語の整理期にある現代では、この国語生活のために、いま少し歴史的忍耐が必要のように思われます（角川漢和中辞典、貝塚茂樹《しげき》）」

手近のどの一冊をとってみても、辞書の序文というものは、男らしく、すがすがしいのである。

書き込みのある第一ページ

子供のころ、お使いに出される時、必ず口上というものを憶《おぼ》えさせられたものだ。

「せんだってては大変結構なものを頂戴《ちょうだい》いたしましてありがとう存じました。これはつまらないものですがって、そういうのよ。いえる？　いってごらん」

という工合であった。

「オバチャン。アノネエ。センダッテハネエ、アノネエ、タイヘンケッコウナモノヲネエ、チョウダイシマシテ、アリガトウゾンジマシタ。コレハツマラナイモノデスガッテサ」

「ああら坊や、偉いわねえ、ちゃんとお使いできるのねえ。じゃあね、帰っておかあさまにこういってちょうだい。いい？　あのね、ええと、とっても結構なものを

――」

というようなことであったと思う。

長ずるに及んで勤めに出る。鄭重《ていちょう》をきわめねばならぬ、お得意様への電話、なんていうのが自由自在になるには、やはりある程度の期間、敬語の鬼と化するくらい丁寧な物言いに「凝る」ことが必要になってくる。

「本来なら佐藤が自分で伺うべきところでございますが、佐藤、このところ、ちょっと家内で不幸がございまして」

などという台辞を、電話に向かう前にあらかじめ頭の中で組み立ててみなければならない。

「いや、家内じゃなかったかな。家中のほうがいいかな。それに不幸というのもどんなものか。単にとり込みのほうが曖昧《あいまい》でいいんじゃなかろうか。不幸というと、いかにも香奠《こうでん》の催促みたいになりはすまいか」

こういう推敲《すいこう》を重ねること、少くともおよそ半歳《はんとし》。そのころからやっと鄭重な物言いが板についてくるのである。

子供のころとは違って、もうだれも口移しで口上を教えてくれはしないのだ。

バーへ行く。

「こちらなにいただく？」

「なにいただくじゃない、なに召し上がる、といいなさい」

「あら、どうして？」

「いただくというのは自分がいただく、つまり自分を謙遜《けんそん》して、へりくだっていういい方だろう？　客に向かってなにいただくっていうのは失礼じゃないか」

「あら、そうかしら。だってみんないうわよ、なにいただくって」

「みんながいったってそれが正しいということにはならない。なに召し上がるっていうのが日本語の規則だ」

「へえ、まあいいや、逆らっちゃ悪いものね。それで、あなたなに召し上がるの？これでいいんでしょ」

「うん、ずっといい。そうねえ、ビールを貰《もら》おうかな。それと、おなかがすいたからステーキ・サンドイッチ」

しばらくしてウェイターがあらわれ、慇懃《いんぎん》な物腰で尋ねる。

「ええ、こちらさま、おビールいただくのはサンドイッチのあとで結構でございますか？」

「あのねえきみ、結構という言葉は自分にしか使っちゃいけないんだよ。私は結構でございます、というように。相手を敬まっていう場合には当然よろしゅうございますかといわなければいけない。それに、きみは今、おビールいただくのはといったが、いただくというのはだね——」

これではまるで私は口うるさい老人の客のようになってしまう。

今でも私は電話に向かう前に、あらかじめ口上を頭の中で組み立てることがある。つまり外国語で電話する場合だ。

たぶん外国語を話す人ならだれでも知っていることと思うが、いざとなってから単語を組み合わせようとしたって、それでは会話になりはしないのだ。

会話をしようという場合の最少単位は単語ではない。センテンスである。たとえば、

「まさかあなた、私がそんなことするとは思わないでしょ？」

というようなことを咄嗟《とっさ》に口走りたい時、

「ええと、まさかというのは英語でなんてったっけ。あなたはユー、思わないはドント・シンク、そんなこと、は——」

これでは話にならない。

You wouldn't expect me to do that, would you?

すらりとセンテンスごと纏《まと》まって頭に浮かんでこなくては、どうにもたどたどしくて、やりきれたものではないのである。

古本屋で洋書をぱらぱらめくってみると、よく、第一ページだけ丹念に辞書を引いたらしく、ぎっしりと書き込みがあり、二ページ以下、全く新品同様という本がある。あれは悲しい。

私の考えでは、少少乱暴ではあるが、外国語の書物を読もうとする時、決して辞書を引いてはならぬ、と思う。

肝腎《かんじん》なのは、ともかくも一冊の本を読みとおすということであって、理解なぞ二の次でよろしい。一冊の本を読みとおしたものだけが、二冊目に取りかかれるのだ。二冊目を読みとおしたものだけが三冊目に取りかかれるのだ。読書の習慣というのはそうしたものである。

そうして、何冊かの書物を読みとおした上で、最初の一冊を読んでみたまえ。いつの間にかあなたは最初の時の倍以上の理解力を身につけている自分を発見するはずである。

最初のページだけ丹念に辞書を引いてぎっしりと書き込みをする。そうして、二ページ目以降新品同様。

こういうインテリくらい醜いものはない、と私は思う。そういうインテリに私はなりたくないし、あなたにもなってほしくないと思う。

ザ・ネイミング・オブ・キャッツ

T・S・エリオットの詩の一節に

The Naming of Cats is a difficult matter,

というのがある。つまり「猫に名前を付けるのは難しい事柄です」というのであるが、こういう平凡な事実を発見するのはなかなか難しく、また非凡なことであると思う。

いかにも、たしかに猫に名前をつけることは大変に難しい。

ただし、世の中には、この難しさを、知っている人と知らない人と二種類あるらしく、知らないほうの人人は、ただただ可愛《かわい》らしく、甘ったるい名前をつけて、能事足れりとなしているように見受けられる。つまり、「ロロ」であるとか「チョン」「ペペ」「ピータン」その他の、女学生時代から一向に知能の成熟しない女（そうでない女がいるかどうかということは、この際ぜんぜん別問題として）そういう女に名付けられたとしか思えない名前の一群である。

私の友人に、八匹の猫を飼っていて、その八匹の猫の名前が全部「玉」という男がいる。

つまり彼は、猫の名前は「玉」でなければならぬ、と信じているわけで、私は、これはこれでいいと思うのです。少くとも毅然《きぜん》たる態度であると思うのです。

ともかく大の男が一戸を構えた、その神聖なる城塞《じょうさい》の中じゃないか。チーチとかミカとかいう国籍不明のめめしい名前を男は断固排除していいと思う。全部タマ、結構じゃないですか。いっそすがすがしいと、私は思うのです。

大切なのはプリンシプルを持つことでしょう。猫の名前といえども、ふやけた精神で、おろそかにつけるべきではない、と思う。そうして、プリンシプルを持った時、初めて「難しさ」が姿を現わすように思われる。

私の例でいうなら、私は自分の猫に日本語の名前しかつけない。なぜなら、私の猫は、当然苗字《みょうじ》が伊丹になるわけでしょう。西洋の名をつけて、たとえばジャッキー伊丹というようなことになると、これはどう考えてもバンド・マスターの名前であって、猫の名前ではなくなってしまう。

では、日本語でどういう名前をつけるかというに、第一に、まずそれは堂堂たる名前でなくてはならぬ。威風あたりを払うの概がなくてはならぬ。

と、同時に――これが難しいところなのだが、それは全くばかばかしい、なんとも愚かしい、実に間の抜けた、出鱈目《でたらめ》きわまる印象を与えるようでなくてはならぬ、のですね。

つまり、なんといったらいいのかな、私にとって、猫というのはそういうものなのですね。私は、猫のあの凜《りん》としたところと、あの救い難い無知みたいなところ、両方、実に好きなのですね。だから、これをなんとか名前で表現したいと思うのです。名前の上にそれを反映したいと思うのです。

と、まあ、そういうプリンシプルに基づいて私は随分努力してきたのでありますが、そういう意味で会心の名前というのは実はまだないのだなあ。強いていえば、今一緒にいる「コガネ丸」、それから、何年か前にいた「歯医者」くらいのものであろうか。

実をいうと、私はこの文章を書き始める時、猫の名前から説き起こして、日本の煙草《たばこ》の名の雑駁《ざっぱく》さかげんを論じ（なにせピース、ホープとくるからね。平和、希望だよ、あなた。ネイミングの歴史の上において、これ以上貧しく低級なものは類をみないんじゃないかと思うね、私は）、なおかつ、万国博とかいうもののテーマ「人類の進歩と調和」にまで言及して、想像力の貧困とセンス・オブ・ヒューマーの欠如を嘆く予定でいたのだが、いかんせん、どうも猫好きというのはしようがないね、猫の話が長くなってしまった。

うん、猫好きという言葉で思い出したが、猫好きのことを「愛猫家《あいびょうか》」なんていう人がいるね。「アイビョーカ」——なんともいやな言葉ではないか。日本愛猫家協会なんていうものもあるらしい。

イギリスにも同じようなものがあって、こっちのほうは「テイル・ウェイヴァーズ・ソサイエティー」とかいったと思う。テイル・ウェイヴァーというのは尻尾《しっぽ》を振るものということだね。猫は機嫌のいい時にはさかんに尻尾を振る。やはりこのネイミングはエリオットの心の故郷《ふるさと》だけのことはあるのです。

そういえば、エリオットの詩の第二行は次のように続いていた。

猫に名前を付けるのは難しい事柄です
それはとても休みの日の
片手間仕事というようなものじゃない

猫

私は猫を一匹飼っている。

いや、この表現は正確ではない。私の気持ちの中では、猫は人間と対等の位置にある。日本語の便宜上「猫を一匹飼っている」と、書きはしても、私は、うちの猫のことを、一度も「一匹」と思ったこともなければ、また「飼っている」と感じたこともない。

強いていうなら、私は、一人の猫と共に住んでいる、とでもいうべきだろう。

そもそも私は生まれた時から猫と共に暮らしてきた。私の過ぎ去った人生を振り返ってみても、周囲に猫のいない時期というのが殆《ほとん》どない。各各《おのおの》の時期が、ああ、あれはあの猫の時分、ああ、あれはこの猫の時分という工合に、様様な猫たちのだれかれと直ちに一致する。

実《げ》に、私において、猫のいない人生は考えることもできぬのである。

これはおそらく家系なのであろう。私の妹は大江健三郎に嫁《か》したが、或《あ》る年、私のところの牡《おす》猫を一人引き取っていった。この猫は、名を「歯医者」という虎《とら》猫で、尻《し》っ尾《ぽ》がなく、後ろから見ると肛門《こうもん》も睾丸《こうがん》も丸見えであった。妹は睾丸のことを「歯医者の釦《ボタン》」と称していた。

この「歯医者」を妹は溺愛《できあい》していたようである。江戸時代の小咄《こばなし》に、自分の飼い犬が可愛《かわい》くてたまらず、遂《つい》にその犬に金歯を入れてやるという お妾《めかけ》さんが出てくるが、妹も多分にその気配があった。「歯医者」は首輪をして、その首輪には小さな鈴がついていたが、この鈴は純金であった。

「主人には真鍮《しんちゆう》やていうたあるからそうしといてね。でも、ほんとはこれ金なんよ」

そのくらい可愛がっていた。いや、これが可愛がることになるかどうかは別問題だ、そのくらい、猫に関して自制心が無かった、といおうか。

「歯医者」は、のちに妹のところに赤ん坊が生まれ、自分が家庭の中の第一人者の地位から転落したのを知るや、忿激《ふんげき》のあまり、金の鈴をつけたまま家を出てしまった。

ともあれ、これが私の家系である。話を私の猫のことに戻そう。

猫の名をコガネ丸という。漢字を当てるなら黄金丸である。一九六五年に当歳であったから今年で七歳になるだろう。猫は最初の一年が人間の二十年、あとは一年が四年に当るということを聞いたことがあるがこの計算でゆくとコガネ丸は四十代のなかばに差しかかっていることになる。性別は牝《めす》である。

コガネ丸は、幼少の頃からすぐれて頭がよかったが、そのことについて、私は、次のような小文を認《したた》めたことがあった。

「私の玩具《がんぐ》」

マンスフィールドの短篇の中で、子供の玩具がだんだん贅沢《ぜいたく》になってきたのを父親が嘆くところがあったと思う。

「おれなんか子供のころ、タオルに結び目一つ作ったやつを当てがわれただけで、いつまでも温和《おとな》しく遊んだものだった」

というのである。

私における玩具も、まさにこの次元のものであって、さよう、私の場合は、ごく小さな布に、結び目を一つ拵《こしら》えたものを使って遊ぶのである。ただ、私一人では遊べないから、うちにいるコガネ丸という、この遊び専門の猫に相手をしてもらう。

まず、件《くだん》の結び目のある布（これをリボンと呼ぶ）をぽんと投げると、コガネ丸が一目散に駆けていってこれを銜《くわ》える。次に口笛を吹くと、私のところまでリボンを銜えて帰ってくる。この遊びを「名犬ごっこ」といい、コガネ丸はこれを繰り返して倦《う》むことを知らぬ。

コガネ丸は、この「名犬ごっこ」がやりたいばかりに「おすわり」「お手」「コロリ」なんでも私のいうことを聞く。

最近では「ピアノ」と号令すると鍵盤《けんばん》の上に跳び上がって四つの足で歩き廻り、前衛風の曲を奏するまでになったので、その有様をフィルムに撮って、作曲家の武満徹《たけみつとおる》さんに見せたら、

「これは僕たちへの当てこすりでしょう」

という感想であった。

「名犬ごっこ」は楽しい遊びであるが、何分際限がなくていけない。コガネ丸が絶対にやめようとしないのである。


さて、芸術家には二た通りあって、一つは、己れの時代を超越して自分の個性を花

開かせるものであり、今一つは、逆に、あくまでもその時代の伝統の中へ沈湎《ちんめん》して、却《かえ》って、その伝統を集大成するところに己れの個性を見出《みいだ》すものであるという。モーツァルトは前者に、そうしてバッハは後者に属するのである。

この分類からするならば、コガネ丸は、私における猫の歴史の中で、明らかにバッハの位置を占めるのである。

コガネ丸以前にも、たとえば「お手」をする猫を飼ったことがある。「コロリ」をする猫を飼ったことがある。そうして「名犬ごっこ」をやる猫も二度飼ったことがある。(因《ちな》みに「コロリ」とは、号令一下、床の上にころりと身を横たえる芸である)

しかし、なんといっても、これらの伝統を集大成して、我が一身に具現したのはコガネ丸をして嚆矢《こうし》とせねばならぬ。

私も実に忍耐強い教師であったが、コガネ丸は明らかに神童であった。「おすわり」「お手」「コロリ」「ピアノ」「名犬ごっこ」これだけの遊戯を覚えるのに三週間かからなかったろう。

われわれ二人を動かしたものは純粋の感興であった。子供たちが、自分の発明したゲームを、次第次第に複雑にしてゆくように、私とコガネ丸も「名犬ごっこ」の興趣をいや増さんがために種種のルールを次次に発明していったに過ぎぬ。

私は一度もコガネ丸を嚇《おど》しもしなかったし、また、餌《えさ》で釣るというようなこともしなかった。これは私の自慢である。

さて、名犬ごっこの遊び方は次の如《ごと》くである。

すなわち、まず、リボンと称する小さな布きれを私が遠くへ投げるのである。コガネ丸は矢のように飛んで行ってリボンを摑《つか》まえ、私が口笛を吹くとリボンを銜えて、全速力で私のところへ運んでくる。そして、私の手の届く範囲内にリボンをぽろりと落とすのである。

私は再びリボンを取り上げる。コガネ丸はリボンが投げられたらすぐに飛んで行く気構えで、私の手の動きに目を凝らしたまま猛《たけ》りたっている。

しかし私はすぐにはリボンを投げない。まず「おすわり」を命ずる。コガネ丸はリボンを投げてもらいたい一心でおすわりをする。おすわりの次は「お手」そして「コロリ」続いて「ピアノ」という段取りである。

この一連の命令を、コガネ丸はリボンを投げてもらいたい一心できくのである。何のためにリボンを投げてもらいたいのか？　それを銜えて私のところへ持ってくるためである。何のためにリボンを持ってくるのか？　もう一度投げてもらうためである。

つまり、コガネ丸は純粋にこれを遊びとして愉《たの》しんだものである。私も同様であった。人間と猫とが同じルールに従って遊ぶ。これは一種の知的な協同作業であって、人間と猫とがそういう関係を形作ることは罕《ま》れであるといっていい。

そしてまた、罕れであるだけに毀《こわ》れやすい関係であるともいえよう。私がコガネ丸ともども現在の住居に移り住んで以来、コガネ丸は名犬ごっこに全く関心を示さなくなってしまった。おそらく部屋の地形が単純すぎてリボンを探す妙味に欠けるのであろう。今ではコガネ丸の芸は、オスワリとお手とコロリだけになってしまった。

コガネ丸の頭の構造というのがどういう仕組になっているかは分明でないが、しかし、ある種の思考のようなものは行われているらしい。たとえば簡単な因果関係なら理解しているようなふしがある。

こういうことがあった。

ひと頃、私のところへ毎日の如くヴァイオリン弾きやチェロ弾きやヴィオラ弾きが押し寄せて、明けても暮れても弦楽の合奏に励んでいたことがあった。当然コガネ丸は構ってもらえない。次第次第に不機嫌ないじけた顔になっていったと思ったら、ある日われわれの合奏の合い間を見て、誰かの空《か》らのヴァイオリン・ケースの中に大小便をもりもりとひり出したのである。

ヴァイオリン・ケースに着眼したところが実に滑稽《こっけい》というか哀れというか、つまり猫そのものではないか。

「なにもかもこいつのせいだ！」

というので、派手な天鵞絨《びろーど》を張った、中でも一番上等のケースの中に坐《すわ》り込んで、そいつに懲罰を加えた。

猫というものは人間がいやがることをよく知っていて、なにかの事情で復讐《ふくしゅう》しようとする時は、必ずそれを狙《ねら》う。たとえば真っ白いバス・マットの上にウンチをする。トイレット・ペーパーで爪《つめ》を研いで、トイレット一面紙をまきちらす。しかも残っている紙の方にも深い爪跡が残されていて、引っ張り出しても引っ張り出しても穴があいていて使い物にならぬ、といったようなことをわざとやってみせる。

自分が構ってもらえない時、つまり、一人で二日間も無人の家に置いてけぼりにされたような時、立った腹の持って行きどころが無くてそういうことをやる。明らかに腹いせである。

私たちが帰ってきても出迎えにもこない。呼んでも返事もせずに不貞寝《ふてね》をしている。

こういう時にはこちらも陰険な手段を用いて復讐する。つまり架空の猫を登場させるのである。架空の猫にはシロネという名がついているが、（これは黄金丸《こがね》に対する白銀丸《しろがね》の訛《なま》ったものである）架空の猫であるから姿も形もありはしない。

　この架空の猫に呼びかけたり賞《ほ》めたりするのである。不貞寝をしているコガネ丸に聞えるように大声で賞める。

「シロネ、ハイ、お手は？　ハイ、お手！　うわあ、えらいねえ！　ハイ、次コロリ！　コロリは？　えらいねえ！　うわあ、シロネはえらいねえ！」

　だいたいこの辺で、コガネ丸は耐えかねて釣り出されてくる。そうして、注文もされぬのに自発的にコロリをやってみせたりする。こうしてわれわれは和解するのである。

　コガネ丸は、現在、馬鹿馬鹿《ばかばか》しく荘重な首輪をはめている。

　それは実に単純にして頑丈そうな真鍮の輪であって、私はこれを鹿児島県の知覧で買った。

　海の近くの田舎道を車で走っていた時、喉《のど》が渇いたので一軒の雑貨屋に立ち寄ってサイダーを飲んだ。その雑貨屋に真鍮の輪を売っていたのである。鉛筆くらいの太さの真鍮の針金を曲げて作ってある。直径は三寸。これは牛の鼻に通す鼻ぐりなのである。

この、全真鍮製の、従ってかなり重い首輪をコガネ丸がしているについてはわけがある。

コガネ丸がひと頃悪性の皮膚病にかかったことがあった。いや、皮膚病であるかないかははっきりせぬが、やたらに毛が抜ける。いろんな獣医に見せたがどうも原因がわからない。ある獣医は皮膚病の注射をうち、ある獣医は全身の毛を刈って薬を塗り込み、またある獣医はホルモンの異常だとかいう見立てで、ホルモン注射をしに毎週通ってくるのであったが、どうしてもなおらない。

ほとんど諦《あきら》めかかっているところへ、ある人から名医という人を紹介された。名医の見立ては実に明快であった。

これはコガネ丸の性格に起因するというのである。名医によれば、コガネ丸は、異常なまでにお洒落《しやれ》であるという。従って、非常に神経質に毛並みを嘗《な》め繕う。多分、嘗めすぎるのだろう。嘗めすぎるから毛が抜ける。毛が抜けると、お洒落であるからして、そういう醜態に耐えられぬ。従って更に嘗める。従って更に毛が抜ける、という悪循環に陥って、今や一種のノイローゼになっているというのである。なによりも精神状態を安定させて、おっとりとした暮し方を取り戻さねばならぬ、という診断を下して、名医は薬も塗らず、注射も打たずに帰って行った。

そこで——これは全くの偶然なんですが、私はある日ふと思いついて、牛の鼻ぐりをコガネ丸の首につけてみた。

その時、部屋の中にはお客をいれて七、八人の人数がいたわけだが、首輪をつけたコガネ丸を見て一斉に嘆声のどよめきを放った。

金色に輝く、重重しい首輪があまりにもよく似合ったからである。

一同の讃美《さんび》の声に応《こた》えて、コガネ丸はすっかり上機嫌になり、頼みもしないのに三回連続してコロリを行った。

以来、神経が多少首輪に集中したものか、尻っ尾や足を、あまり嘗めすぎるようなことがなくなったような気がする。従って毛の抜けるのも止まっているようだ。

猫はその飼い主に似る。ということは、飼い主のほうも、その猫に似ている道理だろう。私の脱《ぬ》け毛がこのところ小康を保っているのには、そんな理屈もあるのかもしれない。

眉間《みけん》の皺《しわ》

若い頃、私の心の中に一つの長大なリストを持っていた。

ゲイリー・クーパー
ジェイムズ・スチュワート
ハンフリー・ボガート
スペンサー・トレイシー
マーロン・ブランド
ジョン・ウエイン
グレゴリー・ペック
モンゴメリー・クリフト

グレン・フォード
ルイ・ジューヴェ
ジェラール・フィリップ
ジャン・マレエ

いくらでも続けることができるが、このへんでやめよう。

実をいうと、このリストの最後には、私の名前がくることになっている。

一体これは何のリストか？　眉《まゆ》と眉の間に縦皺を寄せている俳優のリストなのである。

ゲイリー・クーパー、ジェイムズ・スチュワート、ハンフリー・ボガートと並んで、この私もまた、眉間に二本の深い縦皺を持った俳優の一人なのです。

なにも寄せようと思って寄せてるわけではない。私が人と成って、ふと気付いた時には、私の顔は、すでに眉根にくっきりと二本の皺を刻んでいたのである。つまり、私にとっては、眉の寄っているのが普通の顔なのだが、困ったことに見る人はそうはとってくれない。吾《わ》が国においては、眉根に皺を寄せている男は実に人に嫌われるのである。特に女に嫌われる。

「どうしてそんな深刻な顔してるのよ」

「いやあね、陰気臭い」

「よしなさいよ、そんな難しい顔してさ」

「あなたって、すごく神経質そうね」

「なんでそんな顰《しか》めっ面《つら》してるの？　あたし肩凝っちゃう」

「パッと見た時さ、あたし、ア、この人は冷たい人だなって思ったの」

「なによ、インテリ振っちゃって」

「伸ばしなさいよ、その皺。ねえ、伸ばそうと思えば伸びるわよ」

「いやな感じ、憂鬱《ゆううつ》そうでさ。それじゃ女に好かれないわよ」

「ホラホラ、またそんな皺寄せて恐《こわ》い顔する。伸ばしなさいったら」

若い頃には、眉間の縦皺を欠点ともなんとも思っていなかったから、酒場でこんなふうにいわれると随分腹が立った。伸ばせったって伸びるものか、これは顔の構造上寄ってる皺なんだ、顔がこういうふうに作られてるんだ俺は。わけも判《わか》らずに何を理不尽ないいがかりをつけやがる——冗談じゃあないと思っていた。

ひょっとすると相手のほうが正しいんじゃないか——そんな発想は毛頭なかった。威張って眉のつけ根に皺を寄せていた。

この状態はごく最近まで続いた。

一体、人間は如何《いか》なる場合に眉間に皺を寄せるのか？

多湖輝《あきら》さんのお書きになった「人間の欲望・感情」という御本によると、各表情における眉の動きは次のようになるという。

「喜び」＝激しい笑いの時を除き眉は平静。

「怒り」＝左右の眉が寄り、付け根が下がる、眉間に逆八の字型の皺ができる。

「悲しみ（苦痛）」＝左右の眉が寄り、付け根は上がる。眉間に八の字の皺ができる。

「恐れ（驚き）」＝眉が上がる。

「嫌悪《けんお》」＝僅《わず》かに眉が寄り、眉間に皺ができる。

とある。

この表によれば、眉間の縦皺は、怒り、悲しみ、嫌悪の表現に他ならぬ。つまり、私は四六時中、周囲に向かって、怒りと悲しみと嫌悪の情を発散しているということになるわけで、これでは人に好かれようがないのである。

人相学による評価も香《かん》ばしくない。

高島易断所本部編纂《へんさん》による「昭和四十六年神宮館運勢暦」によれば、

「印堂（眉間）に、縦の紋理が何本も現われ乱れているのは辛苦が多く、左右に二本、整然と立ち登っているのは短気で憤怒《ふんぬ》しやすい」

とあり、更に追い討ちをかけるかの如《ごと》く、

「印堂に縦の紋理多くあるのは、家を破り妻子に別れます」

とも記されている。

まだある。

西医学研究所長、渡辺正さんが「顔、体、手相による自己診断」という御本の中でこういうことを書いておられる。

「眉間に縦皺が一線ある人は、剛情者で病いを重態までも放置する恐れがあります。こういう人は怒るべき時に怒らなかったために筋ができたもので、血圧が高いか、心臓が悪いことが多いものです。眉間に縦皺が、一二線以上あるのは、小胆で憂鬱性で神経衰弱になりやすく、消化不良にも陥ります。つとめて両眉《りょうび》を開くように心掛けるがよろしい。愁眉を開くという言葉があります。憂鬱性で心配ばかりしていると、両眉は寄って、眉の間の縦皺ができてきます。要するに、悲観とか不愉快な気持ちを抱いている人は、両眉毛の間、すなわち印堂に縦皺を寄せており、愉快な気持ちの人は印堂が屈託なく開いています。つまり本当に笑っている人の印堂は常に開いているのです」

と、記されている。

まだまだ、人相学の本や心理学の本を引用しようと思えば引用できるが、引用すればするほど形勢が悪くなるからこの辺にしておこう。

結局のところ、眉間の縦皺は、構造上のものではない、ということなのだ。本人がなんといおうと、これはその人間の情緒的欠陥を露《あら》わにしているらしいことが次第に疑いようもなくなってきた。

と、いうことは、つまり、若い頃から、私に浴びせてきた女どもの悪口雑言は、すべてこれ肯綮《こうけい》に中《あた》るということではないか。これでは憂鬱にならざるをえない。

「どうしてそんな深刻な顔をしてるのよ」

「いやあね、陰気臭い」

「あなたって、すごく神経質そうね」

若い時の私は、そんないい草に耳も貸さなかった。歯牙《しが》にも挂《か》けなかった。

今にして思えば、この私の自信を最初に打ち砕いたのは芳賀先生であったと思う。

芳賀先生という、日本で一番剣道の強い先生であった。

もう随分前のことになるが、ある事情から居合い術について大略を知りたいと思ったことがあった。人を介していろいろ調べたところ、芳賀先生という方が滅法腕が立つという。実際に真剣を持たせたら、日本でこの人の右に出る者はないのだが、その割りに段位が高くないのは世を拗《す》ねたところがあるのだ、という話であった。

芳賀先生は、後で判ったことだが、確かに日本刀の鬼であった。一生を日本刀のことだけで終られた方であった。ともかく、ごく具体的にいって、あんなに物が切れる人というのはもう出てこないだろうと思う。

日本刀で物を切る、ということは、傍目ほど容易なことではない。よく切れる刀なら労せずして物が切れると思ったら大間違いだ。骨法を会得《えとく》するためには血の滲《にじ》む鍛錬が必要なのである。

余談であるが、練習には普通藁束《わらたば》を使う。一と晩水に浸した稲の藁を、青竹を芯《しん》にして一尺の太さに束ねる。これが人間の胴一つに当るという。つまり、この藁束が切れれば人間の胴が切れるということだろう。

芳賀先生に入門して三箇月ばかり経《た》ったある日、先生が件《くだん》の藁束を作って道場へ持ってきてくださったことがあった。

腰ぐらいの高さの台の上に、その藁束を横たえて、さて、私に切ってみろという。どういうことになるやら、皆目見当もつかぬが、折角の好機だ。私は自分の刀を取って台の前に立ち、青眼から上段に構えて気合いを計り、心気充実したところで、掛け声諸共《もろとも》、力任せに切り下げた——心算《つもり》だったんですが、いやあ、驚きましたね、私の振り下ろした日本刀は、藁に当って鈍い音を立てたと思ったら、呆《あき》れたことにポンと跳ね返ってしまったのである。

近寄って藁束を調べてみると、刃《やいば》の当ったところが軽く凹んでいるだけで、藁一本切れてやしない。つまり、刃の当る角度なのである。刀の振り下ろされる方向に、刃の角度が寸分の狂いもなく一致しておらねばならぬわけで、さもなくば日本刀は鈍《なまくら》に等しい。棒で引っぱたいたのと同じことで藁一本切れはせぬ。

先生の据え物切りは見事であった。

刀の動きが、むしろ緩慢に見えるくらいに、ゆっくりと大きな弧を描いて振り下ろされ、藁に当った瞬間、刃が激しく手前へ引かれたと思ったら、藁束は見事な断面を見せて真っ二つになっていた。「ばらり、ずん」という言葉がぴったりする、重々しい手応《てごた》えであった。

青竹なんかも、もう誰も先生のように切る人はいないだろう。青竹を袈裟《けさ》掛《が》けに、斜めに切り下ろすことは比較的容易である。先生は、直径四寸ばかりもある青竹を、抜き打ちに下から上へ、斜めに切り上げて切断することができた。あるいはまた、抜き打ちに、真横に払って、水平に両断することができた。

先生以外には誰にもできぬ芸当であった。

先生に初めて紹介されたのは、新橋の酒を飲む場所であった。暫《しばら》く飲んでいるうちに、先生が私の顔に目を据えて、

「お前の顔は駄目だ」

という。

「俺はそういう顔は嫌いだ」

という。なぜ先生がそんなことをいい出したのか判らぬままに、私がむっとして睨《にら》み返すと、先生は、

「ほら、お前は眉間に皺を寄せているだろう。そういう顔は駄目だというんだ。世間を狭く見ている顔だ、それは。いいか。世間は広く見ろ。心を広くして見ろ。お前みたいに、こうやって眉に皺を寄せていると、目の周りに筋肉が凝り固まって、実際に視野が狭くなるだろう。皺を寄せるのをやめて、顔を伸ばしてみろよ。世間が広く見えるから。剣をやるものは、世間を広く見ねばならん。そのためには、眉の皺を伸ばして、目の周りに邪魔者のないようにしておかねばならん。敵は、前後左右上下、ど

こから打ちこんでくるか判らんのだ。それに備えるには、できるだけ視点に捉《とら》われることのないよう……」

眉の皺を伸ばす理由が、随分妙なところに落ちこんできたが、先生のいうことには迫力があった。

後日、先生に上段の構えを教えていただいた時、先生は刀を上段に構えて私に向かい、私の目を真っすぐ見据えてこんなことをいわれた。

「俺の刀の切っ先に注意しろ。頭の上に見えるだろう。刀が頭の上に、短い角《つの》のようになって見えるだろう。これが大切なことなんだ。刀はこれ以上振りかぶってはいかぬ。これ以上振りかぶると、ほら、こんな工合に、切っ先が背中の方に隠れてしまってお前の方から見えなくなるだろう。すると、どうだ？　あまり恐くないだろう。やっぱりこうやって、刀が頭の上に角のように見えるほうが、お前の方から見て恐いだろう」

そういって先生は、目を半眼にして吊《つ》り上げ、言葉の通り、刀を頭の上に角のようにかざして私の方に迫ってきた。顔にも目にも全く表情がなく、ただただ殺気だけが漲《みなぎ》っていた。顔中の皺がツルリと伸び切っているだけに、かえって気味が悪い。私は狂人と向かい合ってる気がして足が竦《すく》んだ。

「お前の顔は駄目だ」

といわれた時も、同じ目付きであったと思う。気合いで私を散散圧倒しておいてから先生はいわれた。

「ともかく——俺の弟子になろうというなら、まずその皺を伸ばすことだな。それができんなら断わる。どうだ、やってみるか？　ちょっと伸ばしてみろ——ウム、それでいいんだよ。お前はなかなかいい顔しとるぞ……」

自由自在に私を翻弄《ほんろう》して気が済んだのか、先生はやっと機嫌よく酒を飲み始めた。

私は、少くとも先生の前では、晴れ晴れと眉を開いて、心広げに振舞うことを心掛けよう、と秘《ひそ》かに決心した。


眉の間の縦皺に関して、私が、もしかするとこれは自分の欠点なのかもしれぬ、と思ったのは生まれて以来この時が初めてであったろう。

以来、私は次第に人の言う所に耳を傾ける「心の広さ」を獲得しつつあるが、そうなればなったで、己れの性格の備わらぬ部分が益益《ますます》露わになり、かかる欠陥を如何にして改造せんかと深く思い悩むうち、眉根の皺の、いつしか更に深く鋭く長く刻みこまれてゆくのを、一体どうしたものなのだろうか？　一体眉根に皺を寄せずに考えを集中する方法はあるものなのか？　それを考えるだけでも、もう、眉と眉が寄ってくるのを私はどうすればいいのだろうか。

うぬぼれかがみ

　十七歳の頃だったと思う。学校で図画の先生とお喋《しゃべ》りをしていたら、先生は、話をしながらスケッチ・ブックに人体を描いている。頭が大きく、肩幅が広く、胴が長く、足の短い人物像であった。描き終ると先生はいった。

「ホラ、似てるだろう？」

「似てるって、だれにですか？」

「エ、わかんないかね？　キミだよ、これはきみの正確なプロポーションだよ。さっき、きみは体操の時間だったろう。あの時、窓から見ていて、厳密に測定してデッサンしたんだよ、先生は。――ウン、似てる似てる」

　自分の姿に対する客観的な認識に、私が初めて出喰わしたのは、今考えればこの時であったと思う。

私はよほどこのデッサンが不服であったに違いない。その日、うちへ帰ると、紐《ひも》を使って、自分の躰《からだ》のあらゆる寸法をとった。背丈、肩幅、胴まわり、股下《またした》、腕の長さ、頭の長さと幅、要するに必要と思われるあらゆる寸法を紐で測り、その紐を物差しで測って正確な値を出し、そうして得たデーターをもとにして、私は方眼紙の上に、自分の正面像を作ったのである。

結果は——口惜《くや》しいじゃありませんか、あなた。図画の先生のデッサンと憎らしいくらいに生き写しなんだよ、これが。

私は、もちろん、何度も何度も測りなおしたよ。そうして、何度も何度も図を引きなおしてみたが依然として事情は好転しなかったね。いや好転しないだけではない。すべての事態が、今や私の最も好まざる一点を疑いもなく指し示しているのに私は気づかざるを得なかったのである。つまり、

私はカッコワルかった！

私はカッコワルイ人であった。そうして、更に私の不愉快を深めたことには、それからしばらくして街へ散歩に出かけた時、店店のウインドウに映し出された自分の像は、まさに先刻のカッコワルイ像に生き写しだったのである。

一体、昨日まで、私はウインドウの中に何を見ていたのか？

鏡というものは、なかなか油断のできない代物《しろもの》であると思う。人を欺《あざむ》く、のである。つまり、人は鏡を客観的なものと思っている。鏡に映し出された己れの姿を客観的なものと思っている。ハッハ、とんでもない。

確かに鏡に映ったのは、光学的にいえば客観的な像かも知れないよ。かも知れないが、それを人間が見た瞬間客観性は消滅してしまうのである。

自分に都合の悪いところは、なんとなくぼやけて印象が薄くなり、自分のいいところ、気にいっているところだけが、殊更《ことさら》に誇張されて心に映る。

すでにして、私は、自分の理想のほうへ随分歪曲《わいきょく》した像を鏡の中に眺めているのであって、しかも、相手が鏡であるから、その自分勝手な像を、いかにも、充分に客観的な像であるかのように思いこむのである。（ま、そうでもなきゃ、不愉快で鏡なんか見られた段のものじゃないやな、考えてみりゃあ）

世の中の、相当カッコヨクナイ人人が、わりに平然として、一日数十回も鏡に向かったりなんかするのは、実に右のような心理的メカニズムに基づいているのであって、ここのところを闊然《かつぜん》大悟してしまわぬことには、鏡は鏡としての用をなさぬ、のであります。

　だから、私は、鏡に向かっている女の人を見るといつも思う。――自分ガモシ彼女ダッタトシタラドウダロウ。鏡ニ向カウト顔ガ映ル。ホラ、今、彼女ガ覗《ノゾ》キコンデルアノ顔ガ映ッテ、ソレガ自分ノ顔、トイウコトニナル。ツマリ「彼女デアル」トイウノハソウイウコトナノダ。ソウシテ、コウヤッテ、ソバデミテル私ニハマザマザトワカルイロンナ顔ノ欠点モ、彼女ニハ全ク見エテイナイニ違イナイ。アノ、眉《マユ》ガチョット薄スギル点モ、口ガヘノ字型過ギル点モ、額ガ広スギル点モ、鼻ガ大キスギル点モ、確カニ見エテハイルダロウガ、彼女ノ心ノ中デハ、曖昧《アイマイ》ニ歪《ユガ》ンデシマッテ、一抹《イチマツ》ノ憂《ウレ》イヲ含ンダ眉、凛凛《リリ》シイ口モト、聡明《ソウメイ》ナ額、日本人離レシタ鼻、トイウフウニスリカエラレテルンジャナイカシラン。アア、イヤダ、イヤダ。ヤッパリ彼女デナクテヨカッタ。ヤッパリオレハ自分デヨカッタ――なんぞと手前勝手な結論を出して我れに返るわけだが、なんの、あなた、見方を変えるなら、他人様《ひと》は、私が鏡を覗きこんでるのを見て、やっぱり同じことを感じるに違いないわけで、こういうことを考える時、人生っていうのはつくづく侘《わび》しいもんだね。ま、人間、死ぬまで自分の顔と鏡の中でおつきあい、ということでしょう。

　最後に関係ないことをつけ加えるなら、仏蘭西《フランス》の宿屋では、備えつけの鏡が、僅《わず》かに、それと判《わか》らぬくらい「うぬぼれ鏡」になっていて、人人は、いつもより、かすかに縦長に、細っそりした己れの姿を見るようにできていることが多い。

「親切」——というのであろうか？

インヴァネス

私の親父《おやじ》っていうのがねェ、結核で死んだんですがネ。私が三つくらいの時からねェ、そうねェ、死んだのが終戦の翌年で、中学一年の時だったから、ンーと、もう十年以上、ずうっと寝たっきりだったわけネ、で、死んじゃったわけですけども、ンー、毎年そのォ、ンー、今年こそおまえたちを海水浴に連れてってやる、なんていっちゃア、そのォ、果たせないわけヨ。

で、そういうのを非常に気にしてるっていうか、まァ、残念に思ってたらしいのよネ、つまり、こっちが連れてってくれってせがんだわけじゃないんだネ、親父のほうがいい出すわけなんだから、やっぱり、子供連れて海水浴へ行くというのは、親父の一つの夢だったのかもしれないんですネ、で、まあ、連れてけないままで死んじゃったわけですけど、エー、それでもねェ、時時そのォ、病気のぐあいがいい時にネ、町

なんかへこう、フラッとこう出るわけなんですよねェ、散歩にネ、まァ、ほんとに数えるほどしかなかったけどねェ、そういうことは、でも、まァ、何回かそういうことがありましてねェ、で、そういう時の親父の印象っていうのが、なんかこう、二重回しに——インヴァネスにこうつながってるわけなんですよ、親父っていうとねェ、インヴァネスを着て髭《ひげ》を生やした大きい人でネ、それでまァ、手をつないで町を歩いたような記憶があるわけだナ。

それでねェ、まァ、インヴァネスってのはなんかこう気になってたわけですよ——ネ？　名前からして変でしょ、インヴァネスなんてネ——で、二重回しとかトンビとかインヴァネスとか、いろんなぐあいにでてくるわけネ、昔の小説読んでるとネ、明治時代の小説読んでると——で、この三つはネ、調べてみるとネ、同じ物なのネ、結局、スコットランドのインヴァネス地方の衣装でもって、エー、構造としては二重回し、というか、回しというのがなんだかよくわかんないけど、とにかく二重でもってですね、で、エー、ンー、恰好《かっこう》としてはトンビに似てるト、まァ、いうことなんだろうなァ、結局これはアレなんだヨ、ホラ、シャーロック・ホームズが着てるでしょう、こういうの、ネ？　アレをつまり、そのまま着物の上に着ちゃったわけでねえ、まァ、つまり、大胆っていうかなんていうか、で、おもしろいのはサ、これが実にピッタリ合ってるんだヨネ、和洋折衷っていうのかサ。

　うちの親父が書いたものでネ、和洋折衷の成功した一例っていうのにねェ、ライスカレーと福神漬けってのがあってネ、で、エート、不調和の一例としてネ、刺身にパセリってのが文章にありますけどね、ンー、その流儀で行くとね、着物にインヴァネスってのは、これはあなた、和洋折衷大成功の一例なんだよネ、僕はそう思うなァ、どう見たってこれは着物用としか思えないもの……

　これに似たものではアレがあるね、アレ、ンー、ショール、肩掛けネ、これは偶然発見したんだけどサ、去年、女房にショールを買ってやろうと思っていろいろさがしたんだけどサ、なかなかいいのがないわけよ。ネ？　なんか毛糸で編んだみたいなのとか、じゃなけりゃ、妙にこう毛足の長いモヘアみたいなのとか、そんなのしかないわけ、で、僕、思いついてネ、イギリスの、ホラ、大きいアノ、膝《ひざ》掛け毛布ってのがあるじゃない？　あれをダンヒルの店で買ってサ、高かったけどネ、四万五千円くらいしたけどネ、で、それを半分に切ることにしたわけよ、ネ？　で、私の洋服屋へ持ってって、これ半分に切ってヨっていったらネ、あっちも困ってネ、しかし、こりゃどうやって切ったもんでしょう、なんていってたわけ、そしたらネ、そこへ偶然和装のお店の主人がはいってきてネ、あ、この人に訊《き》きゃわかるってんで、みんなで訊いたわけよネ、そしたらネ、その人がいうにはネ、これがほんとうの肩掛けなんだっていうのネ、明治時代にはみんな、こういう膝掛けを切って肩掛けにしてたんだってヨ、ウン、同じこと考えつくもんだよネ、人間なんてネ。

で、まァ、その人が二つに切ってくれてネ、いやァ、ただ切りゃいいだけで、あと、糸を三本ばかり抜いて、端っこをトントン叩《たた》いときゃいいですヨ、なんて、もう、アッという間に素敵な肩掛けが二つできちゃって——ウン、一本が女房で、もう一つはおふくろにやりましたけどネェ。

どうも年のせいかだんだん古いものに好みが帰っていくねェ、インヴァネスといい、肩掛けといいネ——顔もだんだん親父に似てきたし、そろそろ子供もできるし——もう四、五年もすりゃ、今度はこっちが子供を海水浴に連れてく番だよなァ、考えてみりゃ……

鼻の構造

私の顔は、右半分のほうが左半分より少し短い。寸法にして、そう、約五ミリくらい縦がつまっているのである。このことは、目頭と唇の端を右と左で計りくらべてみると、はっきりわかる。

右半分が短い、ということは、単にそれだけの現象にはとどまらず、様様な歪《ゆが》みを顔に齎《もたら》す。

たとえば、鼻がそちらのほうへ曲がるのである。つまり、真ん中から始まって、垂直に下のほうへ伸びるのではなく、真ん中から始まったやつが、下のほうでは随分右へ寄った位置で終っている。

一体どうしてこういうことになるかというと、原因ははっきりしているのである。つまり私の笑い方が悪いのだ。

つまり唇の右半分だけで笑う。いや、笑う、という言葉はよくない。大口を開けて笑う場合ではなく、微笑《ほほえ》む、というか、つまり、ほら、普通ちょっとニヤリとするような場合に唇の右端だけが持ち上がるのである。

このことを私に指摘したのは、山田晴彦というメイクアップの専門家であった。

「それはね、人相学的にいうとだね、片親の相ということになるんだよ、お前さん」

「というと、どういうの、片親の人間は、こうなにかいじけたところがあって、それで笑いも歪むわけ？」

「かどうかはわかんないけどね、小さい時に親をなくした人間、あるいは、小さな時から不幸な家庭に育った人間ね、これはまず百人が百人そういうふうに笑う」

「へえ、こりゃ魂消《たまげ》た」

「だからさ、今のお前さんの役ならその笑いでいいんだよ。だけどさ、今後、ちゃんと両親の揃《そろ》った家庭に育った、ほら、よくあるだろ？　スポーツマン・タイプの、明朗闊達《かったつ》な長男、なんての。あれをやる時にはお前さん、その笑いじゃだめだよ。ちゃんと、左右対称に笑わなきゃだめなの」

そういえば、たしかにそうである。唇を片方だけ曲げて笑う笑いは、影のある笑いである。歯磨きの広告なんかで、明るく、爽《さわ》やかに笑っているお嬢さんたちは、決してこういう笑い方をしない。

さて、そういうわけで、私は成長期以前に父をなくし、それ以来、歪んだ笑いを続けてきた結果、右のほうへ捩《ねじ》れた鼻を持つに至った。

そうして、捩れた鼻というものを、単に造型上の問題として取り上げているのではないのだ、私は。

私が鼻のことを書こうと思ったのは、今、風邪をひいているからなのである。鼻が詰まって不愉快でしようがない。ことに左の鼻がよくないのである。左の鼻がことさらよく詰まる、というのも、結局鼻が右へ曲がっていることに起因するのだ。

そもそも、生まれ落ちた時、私が左右対称の鼻を持っていたことは、まず間違いないと思う。

ところが、長ずるに及んで、それは右のほうへ弓なりに彎曲《わんきょく》するに至った。ということはだね、左の鼻の穴のほうが、右の鼻の穴よりも、大外を回る関係上、幾分長いということになるだろう。いい替えるなら、左の鼻の穴は、右にくらべて引き伸ばされた、といってもよい。

ところが、管状のものを引っぱると、ここに一つの不都合が起きるのですね。つまり内径が狭くなるのだ。さよう、私の左の鼻の穴は、右の鼻の穴にくらべて全く狭いのであります。従って、左の鼻は詰まりやすく、その原因は、私の鼻が曲がっているせいであり、なぜ鼻が曲がっているかといえば、それは私の笑いが歪んでいるせいであり、それなら、なぜ私の笑いが歪んでいるかというと、私が早く父をなくしたから、ということになってしまう。

風邪をひいて、鼻が詰まったりぐずぐずしたり、不調なままに寝込んでいる間に、私は、鼻の構造というものが次第に気になり出してきた。

私は、鼻の穴が、鼻をさかのぼり、鼻の付け根のあたりで奥のほうへ曲がってゆくらしいことを気配で知っている。

そうして、やはり、気配によると、その穴は、口の中の天井の部分、つまり口蓋《こうがい》というのかね、その口蓋の途中へ抜けているらしいのだが、以上が私の鼻に関する知識のすべてであって、つまり私にとって、鼻は、入口と出口以外は全く神秘に包まれているといってよいのだ。

第一の神秘は、かの「ラ・モルヴ」であろう。食事中の読者もあるかも知れぬから、鼻に関係した、例の粘液を、フランス語でこう呼ばせていただく。

そもそも、ラ・モルヴは、なんでまあ、ああも無尽蔵に、かめどもかめども出てくるのだろうか。一体どこにその源泉があるのか。

ラ・モルヴ以外の分泌物《ぶんぴつぶつ》に関しては、われわれは一応、なになに腺《せん》とかいって、その出所を教えられているのに、なぜこのラ・モルヴに関してのみ教わったことがないのか。

「脳中の水分が滲《にじ》み出したものがラ・モルヴである」

ギリシャの哲人ならさように考えたかも知れぬ。いや、それも案外当ってるのかも知れないよ。ともかく、なんにも知らないんだからどうにもならぬ。

私の印象によれば、鼻の裏側に、二つの壺状《つぼじょう》の容器があるように考えられる。この壺の中にはラ・モルヴが澱《よど》んでおり、ラ・モルヴの量が壺の容量を超えると、ラ・モルヴは鼻孔のほうへ流れ出るのである。

いや、壺の容量を超えぬ場合でも、われわれが横になった場合には、その壺も横になるから、当然ラ・モルヴは流れ出すものと考えられる。

風邪をひいた場合、咳《せき》や、熱や、頭痛などは眠っている間、ある程度後退するものであるが、鼻詰まりだけはむしろ悪化するのであって、その原因は実にここにあるのです。

私の場合、風邪はまず鼻へくる。そうして一晩たって喉《のど》へくるのが常であります。ということは、夜のうちに、ラ・モルヴが流れ出し、仰向けに寝ている関係上、口蓋を伝って喉のほうへ流れてゆく。このラ・モルヴの流れに一晩さらされた喉の粘膜は、なんじょうもってたまるべき、たちまちにして炎症を起こす、というのが私の理論であった。

理論であった——というのは、どうも、この理論は間違っていたらしいのだな。壺を横にするから、ラ・モルヴの流出が激しくなる、従って、ラ・モルヴの流出を防ぐためには壺を直立の位置に保てばいい筈《はず》だ——この理論に従って、私はうつ伏せになって寝てみたのである。

翌朝の喉の痛み、鼻の不快感は想像を絶するものであった。

さて、私は、これから平凡社の世界大百科事典「ノウ—ハン」の一巻を開いてみようと思う。

「ハナ」の項を開く。おそらく頭部の断面図が描かれているだろう。

鼻のうしろに壺は有りや、無しや？

今まさに神秘の扉は開かれようとしている。

脱毛

二年前の秋、突如として髪が抜け始めた。それも日本ではない。ロンドンで髪が抜け始めた。

私は風呂《ふろ》が好きで毎日風呂へはいる。いや、風呂が好きというより髪を洗うのが好きなのである。いや「好き」という言葉は少し違う。いわば髪を洗わずにいられない、というほうがより近い。

ともかく毎日風呂にはいり、毎日髪を洗う。時には朝と晩と、一日二回洗うこともある。こんなに洗っては髪に悪いのかも知れぬが、なにしろ高校時分からの習慣だから今更変えるわけにもゆかぬ。

高校のころにはシャボンで髪を洗ったものだった。シャンプーなどというものはまだ普及していなかった。

シャボンで髪を洗うのもなかなか気持ちのよいものだったように思う。髪が汚れていると一度目はほとんど泡が立たない。それを濯《あら》い流して二度目にシャボンをつけると、今度は驚くほどもくもくと泡が立つ。汚れが落ちて髪が細くなるのが指の股《また》に感じられる。そして、最後にシャボンを滌《すす》いだあとの、脂《あぶら》っ気がなくなってキシキシするような髪の感じ——あれは確かに悪くない。

私は学校から帰ると、毎日のように自分で風呂を沸かした。昼の風呂場は薄暗い。窓を開けると、隣の家の楠《くす》の木が、青い空の中に日を浴びて立っているのが見える。そんな中で私は髪を洗った。キシキシするまで髪を洗った。

ロンドンで髪が抜け始めた時、私は一週間くらいは格別気にもとめなかった。風呂へはいって髪を洗う。西洋の風呂だから湯は最後までそのままである。風呂を上がりしな、湯を捨てようと思ってふと見ると、湯の表面に浮かんでいる脱《ぬ》け毛の数がいつになく多い。初めは気のせいだと思った。少し乱暴に髪を洗いすぎたかな、と思った。二、三日後には、これは脱毛のシーズンなのだ、と自分をいいくるめた。まだ、いわば軽い気持ちであった。

本当に只事《ただごと》ではないと思い始めたのは一週間くらいたってからである。

脱け毛の量はどんどん増えていった。冗談ではなくなってきた。髪を洗ったあとの湯には恐ろしいばかりの量の毛が浮かんでいる。お寺の池の隅っこのほうに、枯れた松葉が一面に浮かんで、水の表面が見えぬような部分がある。そういうところをボートで通ると、一面の枯れ葉の中に、ボートが通ったあとだけ黒黒と航跡が残るが、それも束の間《つかのま》、たちまち再び枯れ葉に蓋《おお》いつくされてしまう。

私の入浴したあとの湯の表面というのは、ほぼ右の情景の如《ごと》くであった。湯を捨てたあとには、排水口のあたりに流れきらなかった髪の毛が残るものである。普通の場合なら、それはせいぜい数本という分量であろう。当時の私の場合には、その分量は優に小さな髱《かもじ》として実用するに耐えるものであった。

私はまた、湯に浸《つか》りながら脱け毛の状態を観察することもした。これらの髪は本当に脱けているのであろうか。もしかすると毛の質が弱くなって、洗う時に切れるのではなかろうか。切れているなら根っこのほうは残っているわけで脱け毛とは本質的に異る。そういう考えで一筋また一筋、脱け毛を矯《た》めつ眇《すが》めつするのだが、髪の毛の端っこは、切れているようでもあり、毛根があるようでもあって定かならぬ。

そのうち女房が私の脱け毛に気づき始めた。朝起きた時、枕元《まくらもと》のあたりに脱け毛が散乱しているようになってきたのである。

女房は実務的に事を運んだ。ただちに実家へ電話をして航空便で養毛剤を取り寄せた。この種の薬品の世話になろうとは、ついぞ考えもしなかったが、追い込まれてしまった我が身の上を思えば、今は一縷《いちる》の望みをここに托すしかない。

ええと、ちょっと脱線しますが、あの養毛剤の広告というものは、いざそういう立ち場に立ってみると沁《し》み沁《じ》み心に迫るものがあるのですな。「強力発毛促進剤」などという字を見ただけですでに勇気づけられる。

「頭の毛が気になる方に」

「毛量増大をお約束する――」

「ハゲてからではおそすぎる！」

「まず、ふけ、かゆみがとれて――」

「――抜け毛が少くなってきたらもうシメタもの！　うぶ毛のような髪が、太く黒く育ってゆきます――」

嗟乎《ああ》、この人たちは私の髪が抜けるのを飯の種にしているのだ。これらの広告は親切で光明《こうみよう》にみちあふれている半面、どこか脅迫がましいのを如何《いかん》ともしがたい。

「強力発毛促進剤」の効き目は判然しないまま、髪の毛は毎日毎日抜けてゆく。銀杏《いちょう》の葉が風に散るように底抜けに気前よく抜けてゆく。一と月ばかりの間に、確実に三分の一以上抜けてしまった。

女房は、それでも慰めるつもりか、私の髪の根をかき分けて仔細《しさい》に検査し、

「アラ、生えてるわよ！　だんだん生えてるわよ！　短いのが一杯出てるから大丈夫よ。やっぱり効いてるのよ」

などといっている。

日本へ帰ってくるころには、私は養毛剤の使い方を自己流にマスターしていた。つまり、風呂にはいって、汗ばんできたところへ、養毛剤をじゃぶじゃぶとあびせかける。こうして毛根を引き緊《し》めた直後に髪を洗うと、抜ける量がまずまず正常に近いのである。

ともあれ、相当な分量の髪を失い、なおかつ失いつつ私は日本へ帰ってきた。頭の両側あたりは半分くらいになってしまった。手で梳《くしけず》ってもまるで抵抗がない。顱頂部《ろちょうぶ》の周辺も果無《はかな》くなった。女房は、

「いいじゃないの。この頃は鬘《かつら》もずいぶんよくなってるから」

という。こういう、事実を冷たく認めた上での発言は慰めにならない。

ロンドンから冬の東京に帰ってきたとき、私は、およそ出発前の毛量の三分の一を失っていたろう。

薄ら寒い頭で街へ出る。

嘗《かつ》て、五月蠅《うるさ》いほど頭髪が茂っていた頃、私は中年以上の人は、ほとんど誰でも髪が薄くなっているものだとばかり思いこんでいた。

今、愁《うれ》いを心に抱いて巷《ちまた》を彷徨《さまよ》えば、髪の薄い人、禿《は》げた人の数は驚くほど少いのである。何百人に一人という感じである。世の中の人間の大部分は図図《ずうずう》しいほどふさふさと髪を繁茂させているのである。

こんな筈《はず》ではなかった！

嘗て私はこう考えていた。中年を過ぎれば人は毛髪に起る二種類の変化を避けることができぬと。即《すなわ》ち、一つはごま塩から総白髪に至る道であり、一つは薄くなって遂《つい》に禿頭《とくとう》に至る道であり、これを要するに白髪か禿か、二つに一つなのである。

ところが世の中に白髪の人というのは実に稀《ま》れではないか。総白髪の人というのは相当に目立つ存在ではないか。とするならば、大部分の人間は禿頭への道を歩んでいるに違いない――と、文章にすれば三段論法めくことを、私はなんとなく漠然とした一と塊りの予感として心に抱いていた。

そうして――

私自身の立ち場として、私は今にして思えば実に虫のいいことを信じていた。つまり、白髪も禿も遺伝である。一方に属するものは他方には属さぬ。すなわち白髪の家系に属するものは禿げることをまぬがれる、と。

そうして、私の家系はどちらかといえば白髪系に属する。私の祖父も、あるいはまた伯父たちも晩年において白髪であった。と、するならば、私もまた白髪に至る道を歩んでいるに違いないのであって、従って禿げる道理がない、と信じていた。中年を過ぎたら、白髪への道をそろそろと歩みつつ、世の凡人どもの髪が愚かしくも禿げてゆくのを高見から見物しようと考えていた。

好事《こうじ》、魔多し！

私は見逃していた。たとえば、私の母方の祖父は白髪だったのか禿げていたのか。父の母の父はどうだったのか？　私が物心づいた時すでに物故していたため私の記憶にとどまらず、従って私の遺伝学上のチェックに洩《も》れた先祖は少くないのである。

しかもその上、中年以後の道は、白髪と禿との二つだけではなかった。第三の道というのを私は見落としていた。
そう――白髪の禿――これを私は見落としていた！　もしかしたら――嗚呼《ああ》！　もしかしたら、私の未来像は、てっぺんが禿頭で、周辺が白髪という、あのスタイルではないのかしらん！

蹌踉《そうろう》として街を徘徊《さまよ》えば、無辺の落毛は蕭蕭《しょうしょう》として下り、そうして、目につく人間どもの、なんといやらしく黒黒と髪を生い茂らせていることか。

タクシーの運転手も、役場の書記も、地下鉄の入口へ吸い込まれてゆくサラリーマンのあの頭もこの頭も、食堂で隣に坐《すわ》ってラーメンを啜《すす》り込んでいた男も、楊子《ようじ》を使いながらテレビを見ていた男も、そのテレビの中に映っていた中年の司会者も、だれもかれも、髪なんかのことで悩んだことなど一度もないような顔つきで頭をふさふさせているではないか。

私は、突然自分が少数派に属していることを発見した。

頭が禿げる人間は世の中では実に少いのではないのか？　ほんの一と握りの人間が禿頭になって世の人に笑いを提供する。禿頭というものが貴重な存在であるからこそ、禿頭の芸人はそれを売り物にできるのだろう。

私は実に実に情けなかった。

髪が脱けるということ自身も確かに気の滅入《めい》る現象であったが、それよりも、髪が脱け始めるまでは自分を選ばれた白髪系の特権階級と思いこみ、そのくせ、髪が脱け始めたとたん、自分をこれまた少数の被害者らしく見たててしまう客観性の無さというものが、なんともいえず情けなく感じられたのである。

なにが少数派だ。甘ったれるものではない。人間は窮極において一人ぼっちだ。禿げようが禿げまいが、人間というものは本質的に少数派——いや単数派として以外の生き方があろう筈はあるまい。

ロンドンから帰って一と月ばかり後、私は皮膚科の権威者、中村敏郎先生のクリニックを訪れた。

先生は私の頭の皮膚をつまむようにして、

「ああ、これは少し突っ張ってますねえ」

とおっしゃって、先生独自の処方による養毛剤風の薬をくださった。

「この程度のことは、全然心配いりません」

おそらく髪が脱けるには、ある程度心理的な要因もあるのかもしれぬ。と、すれば、患者の心をまず安心させリラックスさせることが肝要——という含みがあるのかないのか、先生は世にも優しい、一見して患者が先生を信頼せずにおかぬような、柔和な柔和な顔で、私を元気づけるように微笑《ほほえ》まれた。

先生の頭は、それはそうと、完全な卵形に見事に禿げていた。

人間の頭はなぜ禿げるのだろう。

一説によれば、頭蓋骨《ずがいこつ》を蓋《おお》う皮膚が、頭蓋骨にあまりにもぴったりと貼《は》りつきすぎているような場合、皮膚の中を流れている毛細血管が圧迫されて鬱血《うっけつ》をひきおこし、これが脱毛の原因になるという。

私はこれを中村先生にも質《ただ》してみたが、先生もこの説は肯綮《こうけい》に当るとされている。ならば——ナンダ、簡単なことじゃないの。要するに皮が頭蓋骨にぴったり貼りつきすぎてるんでしょ？　だったら皮をのばせばいいんじゃない。ネ？　つまりさ、髪をどんどん引っ張ってさ、皮を伸ばしちゃえばいいんじゃない。

というわけで、私は髪を引っ張ることをはじめた。よく絶望や狂気の表現として、髪を摑《つか》んで掻《か》きむしるという演技があるが、要するにああいう塩梅《あんばい》に髪を鷲摑《わしづか》みにして思いっ切り引っ張ればよいのである。（ただし、この場合、引っ張られる髪の束の一本一本に均等に力がかかるようにしなければならぬ。力がかたよると何本かの髪に力がかかりすぎてその髪を引きちぎってしまうことになる)

もちろん、あなたは今、これを本気で読んではいないと思う。でもね、これは本当なんです。髪を引っ張り始めてから——そうねえ、ものの一週間目くらいで髪がぴったりと脱けなくなった。

第一、髪をつかんで頭の皮を持ち上げるというのはなんとも気持ちのいいもんなんです。頭の皮が持ち上がって、頭蓋骨との間に隙《す》き間ができる。押しひしがれていた血管がやっと形を取り戻して、おもむろに血液の循環が再開する。その、ムズムズするような、またチリチリするような感覚というのはなにものにもかえがたいのです。夜もよく眠れるのです。

ま、そういうわけで——本気にしてもしなくてもいいのですが——私の脱毛は今のところとまっております。

今日もこの原稿を書いて、大分頭に血がのぼったようだ。ほうっておくとたちまち脱け毛が始まります。そうなってはかなわんから、ホレ、女房が呼んでおりましょう?

さあ、これから膝枕《ひざまくら》で髪を引っ張ってもらうとしようか。

解説
――伊丹さんのこと

新井 信《まこと》

『再び女たちよ！』が出る頃には、もはや伊丹さんは、『ヨーロッパ退屈日記』のヒトではなかった。ブレザー姿で小粋《こいき》にタバコをくわえ、愛車ロータス・エランに片足をかけた映画俳優ではない。この本の「放出品」のなかに出てくるような、迷彩服めいたものを身にまとったり、あるいは着古したセーターの上に刺子の上着をはおったりして、居間のコタツに、右手で頭を支え寝そべっていた。いま思い出すと、なぜか狸穴《まみあな》のマンションにも赤堤《あかつつみ》のアパートにも、雑然とした自宅の居間には、季節を問わずコタツがあったような気がする。

「書斎の憂鬱《ゆううつ》」という文章のなかで、原稿依頼に訪れる編集者の生態を観察している。本人は機嫌がわるいわけではないのだが、はじめて顔を合わせる人にとっては、かなりとっつきにくく見えた。だから、口数の少ない伊丹さんを前にすると、編集者たちは、ついへどもどと自分のほうから余計なことを喋《しゃべ》ってしまう。聞いているのかいないのか、反応がよくわからない。ときどき「フム」といいながら、なにか心ここにないかのように、そばにあるものを弄《もてあそ》んでいる。

それでは私は、一体どんな編集者だったのだろう。伊丹さんにはじめて原稿依頼に行ったとき、私もまたコタツに浅く足をいれて坐《すわ》っていた。すでに、時間は一時間をこえているが、書こうともいわず、書かないともいってくれない。ゴムマリのようなものを輪ゴムで天井からつるし、猫をそれにじゃれつかせている。伊丹さんは猫と楽しそうに遊んでいるようだ。私のほうはあまり猫に関心がない。また、その猫の芸を気安く褒めてみせる器用さも持ち合わせていない。「どうでしょうか」「ウーム」二人で同じことを、さっきから何度も繰り返している。私も「では、また伺いますから考えておいて下さい」といって帰ればいいようなものだが、その機会をつかみかねていた。

私は以前、日劇地下にあったATG専門の映画館で、たまたま『ゴムデッポウ』という伊丹さんの自主制作映画を観《み》たことがあった。若い人たちがゴムデッポウの腕を競っている。ただただ、そこにはタイクツという時間が流れていた。のちに、伊丹さんが映画監督になり、映画はストーリーではなくシーンやカットをよく見てくれよ、と教えられるまで、私は映画というものをスジで鑑賞していた。だから、不思議な映画を観てしまったという印象しか残っていなかった。いままさに、その映画と同じようなシーンが、目の前で起こっているような気がした。

伊丹さんに、父親である映画監督伊丹万作について一冊本を書いてみませんかと、お願いしているのである。これまでの伊丹さんの作品のなかに、ちらちらと姿を見せている父親のことを、一度きちんと書いてみませんか、と。

伊丹さんは何でもできる人であった。そして、体もとても大きな人であった。英語で勝負できる国際的映画俳優、イラストも描き、雑誌「漫画讀本」の電車中吊りで意地悪爺《じい》さんのポスターも手がけた。明朝のレタリングは自称世界一と自慢していたし、伊丹万作全集や山口瞳大全の題字は伊丹さんによるものである。ときにバイオリンを奏《かな》で、バイクを馳せた。料理にも器にも一家言あった。何事にも厳格で、夫人のゆでた蕎麦《そば》が気に入らないと捨ててしまったという話も聞いたことがある。超一流の店に出入りし、みずからも台所に立った。「文藝春秋」誌上では、対談相手宅の台所で自らフランス料理をつくりながら、難しいテーマについて話をするという変わった趣向を試みたこともある（『フランス料理を私と』）。私の舌の記憶では、伊丹さんが昼ご飯に手軽につくってくれた卵雑炊がいちばんおいしかった。

酔っているときに、若いときボクシングをやったのよ、ミドル級でいいところまでいけると思ったんだけど、海津文雄という強いのが出てきてね、壊されちゃうと思ってやめたのよ、などといったこともある。また、銀座の高級クラブで、最近こんな店に出入りしております、ハッハ、と顔をくしゃくしゃにして、テレくさそうに笑ってみせたこともある。けれど、伊丹さんはふだん、他人には素の顔をほとんど見せない人だったように思う。晩年はともかく、酒がとてもつよく、どんな酒量にも姿勢をくずさなかった。長身に少しくずしたソフトを被《かぶ》り、手には印伝の鹿革の袋を提げ、黒い中国服のすそを翻《ひるがえ》すように、さっさっと歩いていく姿が浮かんでくる。

他人には、すべてを器用にこなす才人と見えただろう。人前ではけっして見せなかったけれど、何事も基本をきちっと学ばないと気がすまない人で、ひとつのことに興味を持つと実にたくさんの本を読んだ。精神分析に凝ったときは、専門家たちと対等に話ができるまでになった。とにかく、『再び女たちよ！』の頃は、テレビのドキュメンタリー番組に新境地をひらきつつあった頃でもあり、「談話取材の名人」あるいは「聞き書きは日本一」と宣言していたときである。テープ起しの文章はたしかに、実際の話より数倍いきいきとおもしろくなっていた。映画のシナリオ取材に数知れず同行したが、ノートをのぞいてびっくりしたのは、メモをとる字が原稿用紙の字とあまり変わらないほどきれいだったことである。私などは、あとで自分でも判読できないような文字でメモ帳を埋めている。原稿でもそうだが、文字を一画一画ゆるがせにしないのである。それだけに、編集者への要求度も高くなるのは自然であった。

数えて見ると、私は伊丹さんの単行本を十冊担当したことになる。文庫本を入れると毎年、伊丹本を出していたときもあった。伊丹さんのほとんどの本を手がけたことになるが、一冊として同じ体裁の組みはなかった。完全原稿といってもよく、校正には手がかからないのだが（原稿の取捨にはこだわった）、文字の組み方、イラストや写真のレイアウト、装丁者の選定、帯のコピー、正直にいってめんどうで細かな注文が多かった。とくに本の宣伝文を書くときは、伊丹さんにテストされているようで怖かった。

ちなみに、『再び女たちよ！』は伊丹さんの最後の自装である。鉛筆で描かれた原画は触っただけで手の先が真黒になった。文庫版のカバーでは省略されているが、単行本のカバー裏には猫が描かれている。この頃、「思い出の猫猫」というエッセイを連載していた記憶がある。

何事にも厳しかった伊丹さんの表情が、あるときを境に、すこし柔らかくなってきたように思う。私の話などにも時に、「それはおもしろいねえ」と、鼻にしわを寄せて笑うことも多くなった。子育てのために、湯河原の山の上に家を建てたのがこの頃である。新居祝いには何がいいですかと尋ねると、即座に庭に植える木の苗がほしいといった。私は、育児雑誌「セサミ」の鼎談《ていだん》で寺山修司、福島章両氏を前に、こんな発言をしているのを読んだときには、心底からおどろいてしまった。あの、伊丹さんが、こんなことを語っている。

「たとえば正月なんか親子四人で湯河原の蜜柑《みかん》畑を散歩するわけですが」と前置きして、

「……陽射しはあくまでも明るく、木木の葉は輝いてて、遠くには海が光っているト、ね？　で、子供の声が青空の中に透明に響いてですね（笑）子供も笑ってる、女房も笑ってる（笑）という時にですね、ああ、こんなんでいいんだろうか、こんな幸せでいいんだろうかっていう――こう――なんていうのかな、頂上体験風の至福感がやってきてですね、幸福の金のオニギリをパクパクむさぼり食ってるみたいな、目まいのするような感覚にとらわれることがあるわけです」（『女たちよ！男たちよ！子供たちよ！』）。

　とにかく、子育てについても、伊丹さんはこれまでやってきたことと同じように、真正面から真剣に取組んだ。あらゆる育児書に目を通し専門家に疑問をぶつけ、自分の考えるところを実践した。ついにはＰＴＡの幹部にもなっている。父親の伊丹万作氏は、伊丹さんが三歳の頃に結核を病み、死ぬまで病床にあった、という。「父の最大の心残りは、息子の私であったろうと、今にして思う」と書いている。

そんな頃、岸田秀さんの『ものぐさ精神分析』を読み、「自分とは何か」という命題に解答を見つけたのだろうか。岸田さんと『哺育器《ほいくき》の中の大人』という対談集を出してからは、一層精神分析への関心に熱がはいり、ついには「モノンクル」という精神分析風雑誌の編集長まで引き受けてしまった。この辺の心の動きは、私にはよく分からない。ただ、『ものぐさ精神分析』と佐々木孝次さんの『心の探求』という二冊の本のなかで、著者たちが自分自身と母親との関係、妻との関係について、詳しい分析をしている箇所がある。伊丹さんは、ここから大きく得るものがあったようだ、とはいえるかもしれない。私にも、この二冊をぜひ読むようにすすめてくれた。

あるとき、こんなものを書いたからと、『お葬式』のシナリオを見せられた。これで映画になるのですか、というのが素朴な感想だった。なにしろ、映画をストーリーでしか理解していない私である。私だけでなく、この映画化については否定的な意見も多かったらしい。その一人に、Eさんという伊丹さんの後見役というか、マネージャー役のような人がいた。若いときから伊丹万作氏のところに出入りしていた古い映画人である。常日頃から、「タケちゃんの文章なんか、おやじさんにくらべればまだまだだよ」などと、私にも遠慮のない口調でいったものだった（伊丹さんの本名は池内義弘《よしひろ》、通称は岳彦《たけひこ》）。

結果はご存知のとおりで、伊丹十三は映画の世界のヒトになった。「キネマ旬報」で『お葬式』は第一位の評価を得た。偉大な父親である伊丹万作監督の『赤西蠣太《かきた》』はかつて第五位であった。私に、「これからは映画監督です。モノを書くのは辞めました」と何度もいった。これで父親伊丹万作氏について書いてほしいという、長年の願いは消えた。でも、伊丹さんはなにか、とても明るい顔をしていた。

ある日、伊丹さんから、「脱税をテーマに映画を考えているのだけれど、だれかその方面につよい人を知らないかね」という電話がかかってきた。以前に「文藝春秋」で、国税査察官の座談会をやったことがある。そのときの司会者役だった「バンガード」編集長・故木場康治さんを紹介した。木場さんはさっそく、伊丹さんと私とを梅沢節男国税庁長官に引き合わせ、税務署取材の許可を取り付けてくれた。私は取材にずっと同行していて、これを映画のシナリオではなくノンフィクションとして書いてくれたなら、どんなにかおもしろい本になったのにと、深い溜息《ためいき》が出て仕方がなかった。のちに、映画のメイキング本は出たけれど（『「マルサの女」日記』）、編集者としては、とても残念だった。伊丹さんから、「こんどは本当に感謝しきれないよ」と、ねぎらいの言葉をかけて貰《もら》ったのは皮肉である。

伊丹さんが亡《な》くなるちょうどひと月前、次作映画のテーマ取材の場に私も同席していた。きれいな文字で「フム、フム」といいながら、相手の話をいつものように熱心にメモをしていた。その姿がいまでも目に焼きついている。だから、伊丹さんのあのような最後を、私はいまだに信じない。

（平成十七年五月、編集者）

この作品は昭和四十七年五月文藝春秋より刊行され、
昭和五十年八月文春文庫に収録された。

山口瞳
開高健 著

やってみなはれ
みとくんなはれ

創業者の口癖は「やってみなはれ」。ベンチャー精神溢れるサントリーの歴史を、同社宣伝部出身の作家コンビが綴った「幻の社史」。

山口瞳 著

礼儀作法入門

礼儀作法の第一は、「まず、健康であること」。作家・山口瞳が、世の社会人初心者に遺した「気持ちよく人とつきあうため」の副読本。

米原万里 著

不実な美女か
貞淑な醜女か

読売文学賞受賞

瞬時の判断を要求される同時通訳の現場は、緊張とスリルに満ちた修羅場。そこからつぎつぎ飛び出す珍談・奇談。爆笑の「通訳論」。

米原万里 著

魔女の1ダース
―正義と常識に冷や水を浴びせる13章―

講談社エッセイ賞受賞

魔女の世界では、「13」が1ダース!? そう、世界には我々の知らない「常識」があるんです。知的興奮と笑いに満ちた異文化エッセイ。

妹尾河童 著

河童が覗いたヨーロッパ

あらゆることを興味の対象にして、一年間で歩いた国は22カ国。泊った部屋は115室。旺盛な好奇心で覗いた〝手描き〟のヨーロッパ。

妹尾河童 著

河童が覗いたインド

スケッチブックと巻き尺を携えて、〝覗きの河童〟が見てきた知られざるインド。空前絶後、全編〝手描き〟のインド読本決定版。

筒井康隆著

懲戒の部屋
―自選ホラー傑作集1―

逃げ場なしの絶望的状況。それでもどす黒い悪夢は襲い掛かる。身も凍る恐怖の逸品を著者自ら選び抜いたホラー傑作集第一弾！

筒井康隆著

家族八景

テレパシーをもって、目の前の人の心を全て読みとってしまう七瀬が、お手伝いさんとして入り込む家庭の茶の間の虚偽を抉り出す。

筒井康隆著

最後の喫煙者
―自選ドタバタ傑作集1―

「ドタバタ」とは手足がケイレンし、耳から脳がこぼれるほど笑ってしまう小説のこと。ツツイ中毒必至の自選爆笑傑作集第一弾！

筒井康隆著

傾いた世界
―自選ドタバタ傑作集2―

正常と狂気の深～い関係から生まれた猛毒入りユーモア七連発。永遠に読み継がれる傑作だけを厳選した自選爆笑傑作集第二弾！

筒井康隆著

七瀬ふたたび

旅に出たテレパス七瀬。さまざまな超能力者とめぐりあった彼女は、彼らを抹殺しようと企む暗黒組織と血みどろの死闘を展開する！

筒井康隆著

エディプスの恋人

ある日、少年の頭上でボールが割れた。強い〝意志〟の力に守られた少年の謎を探るうち、テレパス七瀬は、いつしか少年を愛していた。

再《ふたた》び女《おんな》たちよ！

新潮文庫　い－80－4

平成十七年七月一日発行
令和四年六月二十五日四刷

著者　伊《い》丹《たみ》十《じゅう》三《ぞう》
発行者　佐藤隆信
発行所　株式会社新潮社
郵便番号　一六二—八七一一
東京都新宿区矢来町七一
電話　編集部(〇三)三二六六—五四四〇
読者係(〇三)三二六六—五一一一
https://www.shinchosha.co.jp

価格はカバーに表示してあります。

乱丁・落丁本は、ご面倒ですが小社読者係宛ご送付ください。送料小社負担にてお取替えいたします。

印刷・株式会社三秀舎　製本・株式会社植木製本所

ISBN978-4-10-116734-3 C0195